論創海外ミステリ10

RONSO KAIGAI MYSTERY

A Thief in the Night
E.W.Hornung

最後に二人で泥棒を

ラッフルズとバニーⅢ

E・W・ホーナング
藤松忠夫 訳

論創社

読書の栞（しおり）

前作『またまた二人で泥棒を』（一九〇一）の最終話においてラッフルズは、第二次ボーア戦争の前線に立ち、読者の前から姿を消した。共に従軍したバニーは戦場から帰還し、行方不明のラッフルズの思い出を語る、というのが、本書『最後に二人で泥棒を』（〇五）の枠組みである。したがって収録されたエピソードは、時系列的にはすべて第一および第二短編集と時期が重なり、その拾遺編ということになっている。シャーロック・ホームズ・シリーズでいえば、（多少性格は異なるが）『回想のシャーロック・ホームズ』（一八九四）に相当するといえようか。『最後に二人で泥棒を』が出版されたのと同じ年に、『シャーロック・ホームズの正還』が刊行されているのも、面白い暗合だ。

本書の特徴は、なんといっても、バニー自身の事件簿といっていいくらい、バニーが中心となるエピソードが多い点である。「アルセーヌ・ルパンの逮捕」（初出はこれまた一九〇五年だ）を思わせる第一話「楽園からの追放」と最終話「最後のことば」が、エピソード的に連続して全体を締めている。そのほか、第六話「散々な夜」、第七話「盗賊を捕まえる罠」、第八話「バニーの聖域」など、バニーがラッフルズの代理に立ったり、ラッフルズを救ったり、自主的に計画を立てたりと、これまでになく前面に出ているという印象が強い。ことに、バニーの過去への想いが絡む「バニーの聖域」は、作品を覆うセンチメンタリズムがいい味わいを醸し出している。

ルパンの場合、語り手であり友人のモーリス・ルブランや多くの配下がいたとはいえ、基本的には一匹狼的スターだったのに対し、ラッフルズは、やはりバニーという存在抜きには考えられないキャラクターだということが、バニーを中心とした本書からは、よりはっきりとあぶりだされているといえよう。

その他、珍しく不可能興味を前面に出した第四話「犯罪学者クラブ」や、シャーロキアンならぬラッフルジアン的楽しみを喚起させずにはおかない第九話「ラッフルズの遺品」(この作品ばかりは、それまでの短編すべてを読まないと味わうことがかなわないので、ご注意あれ)など、これが最後とは思えないほど、読みどころが多く、バラエティに富んだ作品集となっている。とまれ、ミステリ史の間隙を埋める名シリーズの完結を喜びたい。

装幀　栗原裕孝

目次

主要登場人物（番号は登場話数）

A・J・ラッフルズ……アマチュア泥棒紳士
バニー（ハリー）……ラッフルズの相棒

＊

×××××……バニーの恋人　①、⑩

＊

ヘクター・キャルサーズ……政治家　①
エイリック・キャルサーズ……ヘクターの息子　①
ロッホメイベン伯……貴族院議員　①
クラッチレー大佐……キャムデン・ヒルの豪邸の主人　③
ソーナビー伯爵……犯罪学者クラブの主催者　④
アーネスト……同メンバー　④
キングスミル……同メンバー、弁護士　④
パリントン……同メンバー、小説家　④
レゲット……ソーナビーの執事　④
ニッパー・ナスミス……アッピンガム・スクールの元校長　⑤
ナブ……同校の現校長　⑤
メドリコット……喘息を患う青年　⑥
バーニー・マガイア……米ヘビー級ボクシング・チャンピオン　⑦
マガイアの秘書……小柄な米国人の男　⑦
スパンコールの女……マガイアのガールフレンド　⑦
ギルマール……バニーの生家の現住人　⑧
ギルマール夫人……夥しい宝石の持ち主　⑧
若い係官……「犯罪博物館」の案内役　⑨

＊

女主人……ハム・コモンのコテージの家主　⑨

はじめに

これからラッフルズの物語を書くとすれば、ふたりがチームを組んだころの、初期の話を追加することになる。そうすることで、筆者の勝手な裁量で削除してしまった部分を幾分たりとも埋めることにしたいと思う。それによって、本来ならば語られるべき空白の部分が多少とも埋まって欲しいし、またわが友の肖像を描くカンバスが、多少とも広がってくれることを願うばかりだ。ここで改めて真実を伝えることで、わが友人を傷つける恐れはまったくない。だから、できる限り細部にわたって描写したいと思う。確かに、ここで書かれればラッフルズは悪党であったと分かるだろう。でも、事実を脚色することは、決して彼の思い出に対するサービスにはならない。また、ぼくに関してもやや脚色めいたこともし、恥ずべきエピソードは省いてきた。都合のいい部分は多少強調しすぎた感がある。まあ、これからもそうしないとは限らない。それに、あの悪漢を描くに当たって、彼がどんな英雄もかなわないほど勇気があり、スマートだったかを書くことで、やや盲目的になっていたかもしれない。でもこれからはラッフルズがやった悪いことも、決して秘密にはしないことを約束したい。

ぼくは苦痛をともなう注意深さで、わが友人にたいして忠実であり続けるために、慎重に言葉を選んでいくつもりだ。でも例の三月十五日の事件（第一巻、第一話参照）以来、ラッフルズはぼくを誘惑し犯罪に荷担させるために、ぼくに隠し事をしたきらいはあるのだが。それは悪だくみと呼べるかもしれない。あの事件の数週間の後に彼がやってのけたことは不誠実で、道徳を弄《もてあそ》んだといえるかもしれない。ずっと前に発表してしかるべきだったかもしれないが、そうしなかったのはぼくの個人的な理由による。あまりにもぼくのプライベートな事件だったし、ラッフルズの信用にもかかわるものだった。また、もう一人の人物が関係していて、そのひとはラッフルズ以上にぼくとの関係があり、今に至ってもその名前を傷つけることはできない人物だ。

あのとんでもない三月の事件以前に、ぼくは彼女と婚約していた。実際は彼女の親族はそれを単に了解と呼んでいて、それもやや眉《まゆ》をひそめてそう呼んだのだが――。むろん、はっきりした取り決めをしたわけでなく、優雅な了解で、まあ僕達の間で分かっていればそれでいいではないか、という類のものだった。このことは、あの夜、僕がバカラ賭博《とばく》の支払いに不渡り小切手をきってしまい、ラッフルズに助けてもらった三月の事件にも関係してくるのだが、その後も彼女とはときどき会っていた。だが、彼女は自分の計り知れないところでぼくが何かしているのでは？　という憶測をしていたようだ。そして、ぼく達はすべてを終わらせることになったのだ。その週のことは今もよく覚えている。忘れもしない五月に近いある週だったと思う。傷だらけの記録をたどると今でも情けない気分になる。

ラッフルズは当時クリケットで大活躍をしていて、ローズでの試合では勝ち続けていた。ぼくはそれすら見にいかなかった。ヨークシャーとの対戦では、彼は一人で百点をあげる「センチュリー・ゲーム」の偉業を達成した。その日彼は自宅のオーバニーに戻る前にぼくのところに寄ったのだ。

「食事に行ってこの滅多にない出来事を祝わなくては――」と彼は言った。「まあ一生に一度の珍事と言えるだろうからね。第一、君だってシャンペンを抜く必要があるという顔をしているよ、バニー。カフェ・ロワイヤルで八時きっかりに、どうかね？　先に行ってテーブルとワインの手配をしておくよ」

第一話　楽園からの追放――Out of Paradise

ぼくがラッフルズに悩みを打ち明けてしまったのは、カフェ・ロワイヤルでのことだった。選んであったすばらしいワインを楽しんだあと、初めてぼくは自分の恋の話をしたのだ。ラッフルズは真剣にそれに耳を傾けてくれた。

彼は同情してくれたのだが、同情を言葉で表わすよりも、簡潔な態度で示してくれたことが嬉《うれ》しかった。もっと早くこの話をしてくれなかったのは残念だが、まあそれも分かると言い、叶《かな》わぬ恋ならば、きっぱりとあきらめるしかないと言うのだった。ぼくは彼女にとって無価値だとは思わないが、正直この先うまくいくことは期待できなかった。ぼくはラッフルズに、彼女がまったくの孤児で、地方の貴族の伯母に育てられたのだ、と言った。その後はパレス・ガーデンズで尊大ぶった政治家の伯父と暮らしているのだ、と。伯母さんは密かにぼくに好意を抱いてくれていたが、彼女の有名な伯父は、最初からぼくにはよい感情を持っていなかった。

「ヘクター・キャルサーズね！」ラッフルズはその名をおぞましげに何回かつぶやき、ぼくに冷たい澄んだ目を向けた。「君はあまり会ったことはないんだろう？」

「長いこと会っていない」ぼくは答えた。「昨年は彼の家に二、三回行ったんだが、それ以来お呼びがない。あの男は人を見下すんだ」ぼくはグラス片手にそう言って、苦々しげに笑った。

「上等の家だろうね？」ラッフルズは銀製のシガレットケースに自分の顔を映しながら言った。

「まあ、トップクラスだね」ぼくは言った。

「君はパレス・ガーデンズという場所がどんなところか知っているのだろう」

「よくは知らないが、高級住宅街だね。どれも宮殿のような家々だよ。あの憎い男は巨万の富を持っている。街中《まちなか》にある宮殿というところだ」

「窓の戸締りはどうかね？」ラッフルズはさらっと聞いた。

彼はしゃべりながら、シガレットケースを開いて勧めてくれたが辞退した。われわれの目が合い、彼の目は星のようにきらきらし、茶目っ気で輝いていた。それは大胆で悪魔のような企てを示す太陽光だった。この章の終わりまでに何回となくこの視線が向けられることになる。でもこの一度だけ、ぼくはこの悪魔の魅力に逆らった。その強烈な光線を鋼鉄の面《おもて》で跳ね返したのだ。ラッフルズがその計画を口にする必要はなかった。ぼくはその微笑《ほほえ》みと熱心な表情から、すべてを読み取ることができたのだ。ぼくは決意を示して、椅子《いす》を後ろに引いた。

「知ったからには何もさせないぞ!」ぼくは言った。「ぼくがご馳走《ちそう》になった家じゃないか。彼女に会った家だ。彼女はまだそこに住んでいるんだ。ラッフルズ、言わなくていい。言えば立ち上がって失礼する」

「まあ、コーヒーと食後酒がくるまで出て行くべきじゃないよ」ラッフルズは笑いながら言った。「サリバン・タバコでもまずやりたまえ。それから葉巻きでもどうだ。その上で、もし老キャルサーズが件《くだん》の家にいるならば、君の良心のとがめがどうなるかをじっくり観察しようじゃないか」

「君は彼はもうそこに居ないと?」

ラッフルズはマッチを擦ってまずぼくに差し出した。「ぼくが言いたいのはね、バニー。パレス・ガーデンズにはもうその名前はないということだよ。君はずっと音沙汰《おとさた》がないと言っていたよね、まあそれで君はちょっとした誤解をした訳だ。ぼくはあの家のことを言っている。君は住人のことを考えている」

「では誰がいるんだ？　もし老キャルサーズが引っ越したとすれば、誰が入ったんだ？　訪れる価値があることがどうして分かる？」

「まず第一の質問にお答えしよう。貴族院議員のロッホメイベン伯だ」

ラッフルズは天井に向かってタバコの煙の輪を吹き上げながら答えた。「その名前を聞いたことがないようだね。君は新聞ではクリケットと競馬の記事だけしか読まないようだ。でもこの時代はそれ以外のさまざまな事象で動いているのだ。

第二の質問には答える価値もない。君はぼくがなぜこのようなことを知っているか、考えてみたまえ。情報を得ることがぼくの仕事の一部なのだ。ところで、ロッホメイベン夫人はキャルサーズ夫人と同様にすばらしいダイヤモンドをお持ちだ。それらはすべてキャルサーズ夫人が保管されていたのと同じところにある。ここで君の知識が役に立つ訳だ」

たまたまぼくは、彼女の口からキャルサーズが当代随一の変わった男であると聞いていた。彼はさまざまな泥棒の技術を研究していた。目的はそれを防止するためだったのだが――。一階の窓という窓は厳重に中からかんぬきがかけられていた。またドアというドアはホールに向かって内側に開くよう作られ、予備のエール製の鍵《かぎ》が考えられない高さにつけられていた。部屋にいてもそれが分からない仕組みになっていた。これらの鍵をかけ、それを保管するのは執事の仕事とされていた。でも書斎にある金庫の鍵は、疑り深いこの家の主人が自ら保管していた。そして金庫は極めて巧みに隠されていて、ぼく自身もどこにあるのか分からなかった。でも彼女は無邪気にもそれを出して見せ、毎夜ちょっとした装飾品をその中にしまって寝るのだと言った。それは本棚の後ろの中に隠せるようになっていた。キャルサーズ夫人はその金庫にさまざまな装飾品を入れていた。だから、ロッホメイベン家の人々も同じ保管場所を使っていると思われた。そして、住人が変わった今となっては、ラッフルズにこうした情報を提供することには何の抵抗もなかった。ぼくはメニューの裏面に家の見取図を描いて渡したぐらいだ。

「ドアの錠の位置を覚えていたなんてすばらしい」ラッフルズはその図をポケットにしまいながら言った。「ところで、玄関のドアの表《おもて》の鍵もエール製だったか覚えている？」

「いや、違うと思うよ」ぼくはただちに答えた。「一緒に劇場に出かけたとき、ぼくが鍵を預かったので知っている」

「どうもありがとう」ラッフルズは同情するように言った。「君に教えて欲しいことはこれですべてだ、バニー。今夜みたいな、素敵な夜はないよ」

それは最悪のときにラッフルズが口にする台詞だった。ぼくは驚いて彼を見た。われわれの葉巻きは燃え尽きていて、ラッフルズは給仕に勘定を頼む合図をした。それから口を開いたのは、通りに出てからだった。

「ぼくもいっしょに行くよ」ぼくは彼の腕を組む動作をしながら言った。

「冗談じゃないよ、バニー！」

「どうしてだ。ぼくはあの家の隅々まで知っているんだよ。主《あるじ》が変わった以上、何の抵抗もないし。それにいたことがある、というのは大事だよ。泥棒の感覚からすればね——」

ぼくの血は早くも躍り始めていた。でもわが旧友はいつものようには、これを歓迎しなかったのだ。われわれはリージェント・ストリートを横切った。彼が腕を組んでくれないので、ぼくは彼の袖《そで》を摑《つか》まなくてはならなかった。

「ほんとうに、君はやめといた方がいいと思うよ」向こう側に着いたときに、ラッフルズが言った。「今回は、君は必要ないのだ」

「でも、今まではずっと役に立ってきたじゃないか？」

「それはそうかもしれない、バニー。でも正直言って、今夜は君の助けが欲しくないんだ」

「でもぼくは家を知っていて、君は知らない」ぼくは言い募った。「縄ばしごの位置を示すためにいくんだよ。盗んだものだって要らないよ」

こうした言い合いは、いつもは彼がぼくに対して使う手だった。逆に彼をこうして屈服させるのは楽しみだった。でもラッフルズは降参の印《しるし》に笑ってみせた。ぼくの場合は大抵、癇《かん》癪玉《しゃくだま》を破裂させるのに——。

「困った男だよ」と言って彼は笑った。「君がこようと、こまいと、分け前はあげるさ。でも真面目な話、君は彼女のことを忘れられないんだろう?」

「それが何の関係があるんだ?」ぼくはうなった。「君はさっき、あきらめるほかはない、と言ったじゃないか。君に聞く前にぼく自身その結論に達していたからいいけどさ。彼女には日曜日にそのような手紙を出したところだ。もう水曜だろう。彼女からの返事はないけれどね。それを待っていると頭にくるけどさ」

「パレス・ガーデンズ宛《あて》に出したんじゃないかい?」

「いや、田舎の住所に出した。まあ彼女がどこにいるにせよ、返事がくるのには時間がかかるよ」

われわれはラッフルズの住まいのある高級アパート、オーバニーまできてしまった。そしてピカデリー側の玄関で、もう一回葉巻をやるために立ち止まった。

「君のアパートに戻って、返事がきていないか確かめなくてもいいのかね?」彼が聞いた。

「いや。それが何になる? もう遅すぎるんだ。ぼくはあきらめたんだ。だから君についていくよ」

英国中でもっとも人を惑わすクリケットのボールを投げることのできる、黄金の腕がすかさずぼくの肩を摑《つか》んだ。

「よく分かったよ、バニー。この話はお終いにしよう。でも君は脳天に血が上っていることも確かだね。まあこの葉巻きをゆっくり吸い終えることだ。そして、仕事を変える前にお茶を一杯飲むというのもいいかもしれない。盗みにかけられる時間にはかぎりがあることを考えれば、君を仲間に入れることに異議はない」

彼の部屋でのことはとてもよく覚えている。彼の準備の様子をこれほどつぶさに観察できたのは、最初で最後だった。ぼくはちらちらと時計を眺めながら、決して人に知られることのない秘密の道具箱を、彼が開いて見せているのを観察していた。それは詰め物のような作業だ、と彼は言った。経験の乏しいぼくにとっては、世界的な名人の作業に接して、内心の震えを押さえられなかった。ぼくはクリケットにたとえれば、倒されればたちまちアウトになるウイケットを守る役にすぎなかった。そして、ラッフルズのこの驚くべき周到さは、入念な下調べによる知識に基づいていたのである。

この間、ぼくは急速に、そしてどうしようもなく、せっかく手に入れたぼくの役割への愛情を失っていた。あの家に入ることへの嫌悪感が湧《わ》いてくると同時に、ぼくの血管をあれほど燃え立たせていた情熱が失せてしまったのだ。嫌悪感が増すにつれて、こんな重大なことに足を踏み入れる決断を、不用意にしてしまったという後悔が強まっていた。そしてこのことを、向こう見ずにもぼくはラッフルズに白状した。世間的にはごく当たり前のこうした反応もちゃんと認めてくれる点が好きだった。彼はここで、ロッホメイベン夫人の宝石については、何カ月もの間計画していたのだ、と言った。どんな宝石を持っているかを調べることから始め、どれを盗《と》るか、どれが不要かを大分前に決めていた。今夜ぼくの提供した詳細な図面だけが残された準備だったのだ。彼のリストにはまだまだたくさんの家がファイルされ、準備が進めばただちに実行されることになっていた。あのボンド・ストリートの宝石屋の場合（第一巻、第一話参照）は信用のおける共犯者が必要だった。今夜のケースでは、詳細な図面だけが必要だったのだ。今日は水曜で疲れた議員たちが早く就寝する夜だった。

　もしもぼくが、ラッフルズの話をそっくり世界に知らせることができたら、どんなにかすばらしいだろう、と思っていた。秘密の仕事の詳細を、あの香気あふれるサリバン・タバコの煙とともに、彼がする話をそっくり書けたらと。むろん、ことの破廉恥さを表現や言語が変えることは不可能だ。ぼくはその語り手にすぎず、世間一般の人々がラッフルズの住む不思議な世界を好まないことも分かっていた。でも彼は、そんな場所に滅多に出入りしない泥棒と違って、ちゃんとした場所できちんと食事し、多少普通の人よりは長めだがカールした髪もきちんと手入れしていた。そのころは、髪も黒インキのように真っ黒だった。すべすべした顔の肌にはしわ一つなかった。彼の書斎は一見乱雑に見えて趣味のよさにあふれていた。

曲がった本棚も、化粧台も戸棚も古い樫材《かしざい》で作られていて、壁にはワットオやロセッティの絵が飾られていた。想像できないほど趣味のいい泥棒だったのだ。

われわれが裏道を通らず、ケンジントン教会のそばで二輪馬車を停めたのは午前一時近かった。ラッフルズは真っすぐに行くのを避け、舞踏会たけなわのエンプレス・ルームの辺りで、踊り疲れて冷たい空気を吸いに街路に出てきた連中に見られるのを避けるために遠回りをした。そしてチャーチ・ストリートを通ってパレス・ガーデンズに行ったのである。彼はぼく同様にその家をよく知っていた。われわれは最初の偵察を道の反対側から行なった。家は真っ暗ではなかった。ドアには薄明かりがあった。道から離れたところにある廏舎《きゅうしゃ》にはもっと明るい灯がついていた。

「これはちょっとやっかいだ」ラッフルズは言った。「ご婦人方がまだ起きているようだ。これはまずいね。廏舎の連中が休めば寝ると思うがね。女性には不眠症が多いんだ。これが泥棒の大敵でね。誰かまだ帰ってきていないんだ。息子だろう。ハンサムでね、まあ、帰っていなくても不思議はない」

「もう一人のエイリック・キャルサーズだな」ぼくはあの家でもっとも嫌いだったどら息子を思い出してそう言った。

「彼等は本当の兄弟なのかもしれないよ」こうした上流階級の噂《うわさ》に強いラッフルズが言っ

た。「だとしたら、君を連れてくるのではなかったかな、バニー」

「どうして？」

「もしも玄関のドアが簡単な鍵《かぎ》で、君の情報が合っているとしたら、ぼくは息子のふりをして入ることができたからさ」

彼は普通の人が家のキーを下げる場所に合鍵の束をチャリチャリいわせて言った。

「内側のドアと金庫のことを忘れているよ」

「そうだな。そこでは君にいてもらうと助かる。でもぼくはどうしても君が必要にならないかぎりは頼まないよ、バニー」

「ではぼくが先導するよ」

そう言うと道を横切った。道の両側には大きな家がならんでいた。それぞれに大きな庭があった。ぼくはまるで自分の家に行くように歩いていた。ラッフルズはまだ道の反対側にいるようだったが、玄関に立ったときには後ろにきていた。

「では段取りを教えよう」

彼が頭を振りながらささやいた。

「歩くのにかかとをつけるな。草があるときはその上を行く。砂利道は音がするからね。でも花壇に足を入れると跡が残る。待って、ぼくが君を抱えて行こう」

ほのかに明かりがあって、柔らかな砂利道だった。すべてのステップに気をつける必要があったが、ラッフルズはぼくを抱えて音もなく移動した。

「靴を脱いでポケットに入れるんだ！　そう」

彼は階段のところでささやいた。合鍵《あいかぎ》の束がきらりと光った。彼は身をかがめ、歯医者のような手つきでそのいくつかを試した。三番目が合ってドアが開き、われわれは玄関に入った。ぼくがマットの上に立っている間にラッフルズは音もなくドアを閉めた。そのとき一時三十分を告げる時計のチャイムが鳴った。聞き覚えのある音だったが、どきっとして思わずラッフルズの腕を摑《つか》んだ。ぼくの幸せな時間はこのチャイム一つで吹き飛んでしまった。ぼくは薄明かりの中できょろきょろあたりを見回した。帽子掛けと小さな長椅子《ながいす》は見覚えのあるものだった。ラッフルズは笑いながら、ドアを開いて逃げろというゼスチャーをした。

「君は嘘《うそ》をついたのか！」ぼくはそうささやいて、あえいだ。

「そうじゃない」彼は答えた。「確かに家具はヘクター・キャルサーズの家具がそのままだ。でもこの家はロッホメイベン伯のものになっているんだ。見てごらん」

ラッフルズはかがんでそこに落ちている電報の封筒を見せた。薄暗がりの中で、その宛名《あてな》はロッホメイベン伯と読めた。ぼくの友人も自分の家を他人に家具つきで貸すことはある。でもラッフルズは最初にそう説明すべきだったのだ。

「わかったよ」ぼくは言った。「ドアを閉めていいよ」

彼はドアを音もなく閉めた上に、かんぬきをかけた。

次の瞬間、われわれは書斎のドアに取りかかっていた。ぼくは小さなランタンを掲げ持ち、オイルのビンを取り出した。彼は大きな絞め金を持っていた。エール製の錠を開けるのは一目見ただけで諦めたようだった。大分高いところにつけられていた。彼は鍵の周囲にやたら穴を開け、鍵全体を外した。そのうちに二時を告げるチャイムが鳴り、それが静かな家に鳴りひびいた。

ラッフルズの次の仕事は、帽子掛けにあった絹のハンカチで窓のシャッターにつけられたベルを鳴らないようにすることだった。それから、そっとシャッターを開き、窓を開けて、いざという場合の逃げ道を用意した。幸いに風のない夜で、ほとんど外の風は吹き込んでこなかった。

それから金庫にかかった。それは積み重なった本の後ろに姿を現した。ぼくは戸口のところに立って見張りをした。かちかちと時計の音が響いていた。そして、ラッフルズが金庫の鍵を開く、歯医者が治療する時のような作業の音がかすかに聞こえていた。そのとき、階上《うえ》の廊下で何かが開くかすかな音がした。

ぼくは注意を促すために唇を湿らせたが、彼の耳も同様に鋭くこの音を聞き取っていた。

振り返ったときランタンは消えていて暗く、次にぼくの首筋に彼の息がかかった。こじ開けたドアを閉める必要があったが時間がなかった。ぼくは敷居のところに立っていて、ラッフルズはそのすぐ後ろにいた。そして階段を降りてくる足音が聞こえ、ランタンの光が見えた。

書斎の入り口は階段の下の右手にあり、われわれの右手でもあったため、誰が降りてくるのか見えなかった。でも衣擦の音がしたため、女性であると分かった。それは劇場か舞踏会に行っていた服装を思わせた。ロウソクが見えたとき、思わずぼくは身を引いた。でも次の瞬間、ぼくの口はしっかりとラッフルズの手で塞《ふさ》がれていた。

このことでラッフルズを許すことはできる。大声を出そうとしたことも確かだ。ロウソクを持っていた女性は、そしてこの深夜に舞踏会の服装をしていた女性は、ぼくが手紙を送った彼女だった。そしてぼくがこの世の中で、絶対にこのような形で会ってはならない女性だった。彼女のおかげで不承不承であれ、招いてもらったその家で、泥棒として侵入してきたぼくが会うなんてとんでもない、その女性だったのだ。

ぼくはラッフルズを忘れた。彼に対する、新たな許し難い感情も忘れた。ぼくの口を塞いでいる彼の手のことも忘れた。それを外してくれたのすら分からなかった。ぼくにはもう彼女しかいなかった。ぼくの目も頭もそれ以外のことは受けつけなかった。彼女は右手にいるわれわれを見なかったし、左側にも何も見なかった。ホールに小さな橿《かし》のテーブルが置いてあった。そのテーブルの上には箱が置いてあり、これから送る郵便が入れてあった。彼女はこのテーブルのところに行ったのだ。そこで彼女はロウソクをかざして、箱を見ていた。

時計の音がチクタク響いていた。彼女はテーブルの傍に立ち、ロウソクをテーブルに乗せ、自分の手紙を両手で持っていた。そのうつむき加減の表情は甘く、憐《あわ》れで、見ていると涙が湧《わ》いてきた。その涙を通して見ていると、彼女は封をしたばかりの手紙を開いて、また読み返していた。最後にもう少し書き加えたいと思っているようだった。

しかし、何もしないで封を閉じた。彼女は胸につけたバラを取ると、それを手紙に強く押しつけた。ぼくはうなった。

どうしたらいいのか。あれはきっとぼくに宛《あ》てた手紙なのだ。そのことを、ぼくはまるで彼女の肩越しに見ていたかのように確信していた。彼女の誠実さは鉄のようだった。彼女が深夜に手紙にバラを押しつけるような相手が二人といるはずはなかった。彼女にとってのただ一度のチャンスだったのだ。彼女が何を書いたのかは分からない。でも彼女は自分の胸で温めたバラを押しつけることで、その内容を温めようとしたのだ。そして、ぼくはといえば、侵入した泥棒としてそこに存在していたのだ。ぼくは声を出したことすら気がつかなかった。それは彼女が驚いてこちらに手を伸ばして初めて分かったのだ。

ロウソクの灯はあまり明るくなかったが、彼女はわれわれを見たと思う。でもしっかりこちらを見ている間、一言も発しなかった。誰も微動だにしなかった。ホールの時計の時を刻む音がまるでドラムのように響いていた。一分が息を止めた夢のようにすぎた。そして玄関のドアをノックする音が聞こえ、三人はわれに返ったのである。

「この家の息子だ」とラッフルズがぼくの耳にささやいた。そして、ぼくをさっき開いておいた窓のところに連れていった。彼は先に飛び降りたのだが、次の瞬間「戻れ、戻れ、罠《わな》にかかったのだ！」と彼はどなった。ぼくは彼が警官の一人を倒すのを見た。そして、芝生を横切り、もう一人の警官がそれを追うのを見た。三番目が窓に登ってこようとしていた。ぼくはもう家に戻るほかはなかった。そしてホールで、失った恋人と対面する結果になったのである。

その瞬間まで、彼女はぼくが分からなかったようだ。彼女が倒れかかったのを走って摑《つか》まえたのだ。ぼくが触れたため、彼女は正気を取り戻した。そして逃れようともがいた。

「こともあろうに、あなたが！　あなただったなんて！」

ぼくはもう聞きたくなかった。でも窓の方に行こうとして引き戻された。

「そっちはだめ、こちらにいらっしゃい」

彼女は叫んだ。苦痛を含んだ叫びだった。彼女はぼくの体に手をまわし、階段の下の戸棚にぼくを押し込んだ。中にはコートや帽子が収納されていた。彼女はそのドアを閉めるとすすり泣いた。

　家中のドアが開き、いろんな声が飛び交っていた。部屋から部屋へと警報が伝えられた。廊下を歩く足音が聞こえ、階段を降りてくる音が響いてきた。ぼくはいつの間にか靴を履いていた。実際のところ外に出て自首する覚悟でいたのだ。それをためらったのは誰のせいか言う必要もないだろう。ぼくは彼女の名前を呼ぶ声を聞いた。彼女が気絶したかのように、男がその名を呼んでいるのを聞いた。それは憎むべきエイリック・キャルサーズだった。のら犬みたいなしゃがれ声だが、精一杯優しく彼女の名を呼んでいた。そして、彼女がそれに低く答えているのが聞こえた。彼女は決して気絶していたのではなかった。

「二階ですね。お嬢さん。間違いはありませんか？」

　その答えは聞こえなかった。多分彼女は単に二階を指差したのだと思う。いずれにしても、ぼくの神経にさわるブーツの足音が階段を昇っていった。声と足音はずうっと高く昇り詰めていき、軽やかな足取りが走って降りてきた。そして、外に出たときにぼくの庇護者《ひごしゃ》が見つめているのに出会ったのである。

「早く」

　とささやいて、彼女は有無を言わさず玄関を指差した。

　でも、ぼくは頑固にそこに突っ立っていた。彼女の頑固さが伝染したみたいだった。強情にもほかのすべてに無関心になっているようだった。そして、立っている間に彼女は自分が書いた手紙を見つけ、手に取るとくしゃくしゃに丸めてしまった。

「早くして！」彼女は足踏みをした。「早く！　もし私のことを考えるならそうして」

このことばに苦々しさはなかった。軽蔑《けいべつ》の色もなかった。ぼくの消えつつある男らしさの残り火に息をつかせる、突然の荒々しい嘆願だった。ぼくは彼女の前で最後に身を取りつくろった。そして、ぼくのためというより、彼女の望みに応えて身をひるがえした。出ていくとき、彼女が手紙を粉々に引き裂いているのが聞こえた。その紙片は床に散らばっていった。

そこでぼくはラッフルズを思い出した。殺してやりたいと思った。まちがいなく、すでに彼はオーバニーで悠々としているに違いなかった。ぼくの運命なんて彼にとっては何でもないのだ。もういい、これでぼくと彼の関係は終わりだ。これですべては終わりだ。暗闇《くらやみ》の企ては終わりだ。彼にそう言おう。タクシー馬車に飛び乗って彼のところに行かなければ。でもその前にこの周囲に張られている非常線を突破する必要があった。その瞬間、ぼくはまた憂鬱《ゆううつ》になった。警官は道のわきの茂みまで一つずつチェックしていた。警官はランタンの灯をかざして月桂樹の林を調べており、舞踏会の格好をした若者がその間から出てきた。彼を利用して逃げようと、足を向けた途端に、彼がこちらを振り向いた。それは何とラッフルズその人に違いなかった。

「やあ」彼は叫んだ。「君もダンスに出てきたんだな？　中を見るかい？　まあ、ここでダンスのお相手を見つけた方がよいかもしれないよ。ああ、警察の方、この人は大丈夫です。いまエンプレス・ルームから出てきたんですよ」

そして、われわれは大胆にも警官を助けて捜査の手伝いをした。ようやく援軍にたくさん警官がきたので、われわれは腕を取り合ってそこを退去した。でもラッフルズがぼくの腕に自分の腕をからめてきたので、安全な場所まできたとき、その腕を振り払った。

「おや、どうしたんだい？　バニー」彼は言った。「何でぼくが戻ってきたと思う？」

ぼくはそんなこと知らないし、どうでもいい、と邪険に言った。

「とにかく、ぼくはずっと追われていたんだ」彼は続けた。「三つか四つ、庭の垣根を越えなくてはならなかった。でも追手もまだ、後ろからついてきた。ついにハイ・ストリートまで出るはめになった。ぼくも息が切れていたし、まあ相手も同じだったと思うよ。そこで、ぼくはコートを脱いで、エンプレス・ルームに入り込んだのだ」

「まあ、君のことだから、ここのダンスのチケットぐらい持っていても不思議はない」

ぼくはわめいた。ラッフルズがロンドンでもっとも人気のあるダンスホールのチケットを持っている可能性は十分あった。

「どんなダンスかなんて聞きもしなかったさ」彼は言った。「とにかく外見を変える必要があった。目立つオーバーコートは脱ぎ捨てたかった。まあ、中に入れば誰か知っているのがいるだろうと思ったさ。でもね、君のことは気になっていた。だから助けにきたのだ、バニー」

「助けにきてくれたのは君らしいと思うよ」とぼくは言った。「でもぼくに嘘《うそ》をついて、その嘘にぼくを巻き込んだのは許せない。こともあろうにあの家だ。それはまったく君らしくない」

ラッフルズはぼくの腕を再び取った。われわれはパレス・ガーデンズのハイ・ストリートに面する門の近くにきていた。彼に腕なんて取って欲しくもなかったが、抵抗する勇気さえ失われていた。

「なあ、バニー。ぼくはなにも君を巻き込むつもりなんてなかったんだよ」と彼は言った。「君を引き入れないように最大限努力した。君の方がそれを聞き入れなかったんじゃないか」

「最初から本当のことを話してくれたら、ぼくも君の言うことを聞いたさ」ぼくは言い募った。「でも何を話したっていいんだ？　君は自慢話をしただけじゃないか。ぼくに何が起こっても気にしなかったのだ」

「心配だから、こうやって戻ってきたんじゃないか！」

「君はトラブルにはまらなかったのだよ。ぼくがはまったんだ。ラッフルズ、おい、ラッフルズ。彼女が誰だか分かってたのか？」ぼくはそう言って彼の腕を掴《つか》んだ。

「想像はついたさ」彼は極めて厳かにそう言った。

「ぼくを助けてくれたのは彼女であって、君じゃなかった」ぼくは言った。「そして、それが一番つらいことだったのだ」

ぼくは彼のおかげで永遠に彼女を失った顚末《てんまつ》を不思議なプライドを持って説明した。終わったとき、われわれはハイ・ストリートにきていた。辺りは静かだったがエンプレス・ルームの音楽がかすかに聞こえていた。ラッフルズがそちらを向いている間に流しのタクシー馬車に合図した。

「バニー」と彼が言った。「まあ、これはあやまってすむことではないが——彼女を失ったことを悲しむのは君への侮辱でもあるからね。でもこれがすべてではない。ただ、これだけは信じて欲しいんだが、バニー、ぼくは彼女があの家にいるとは、少しも知らなかったのだ」

そのことばを聞いて、ぼくは彼を信じた。でもぼくには返すことばがなかった。

「君は彼女の田舎の住所に手紙を送ったと言ったね?」彼はそう尋ねた。

「ああ、手紙ね」ぼくはまた苦々しさが戻ってくるのを感じていた。「ぼくが死ぬほど待っていた彼女の返事は、まだ郵便局に行かずにあそこにあったんだ。何もなければ明日受け取れるはずだった。でも、もう永久に受け取ることはできない。もうこの世界には存在しなくなってしまったのだ。それが君のせいだとは言わない。君はぼくと同じ様に彼女があそこにいることを知らなかったのだからね。でもあの家の住人について君は故意に嘘《うそ》をついた。これは許す訳にいかない」

ぼくは息を詰めながら激しくこう言った。ぼくが呼んだ二輪馬車が待ってくれていた。

「まあ、今までに話した以上のことはないのだが」

ラッフルズは肩をすぼめながら言った。「嘘か嘘でないか、は別として、ぼくは君を連れてくる気持ちはもともとなかった。ただ、君には図面の情報を提供して欲しかっただけだ。でも、ヘクター・キャルサーズとロッホメイベン伯のことは本当で、君以外はみんな知っていることだ」

「何が本当だというのかい?」

「バニー、もう何回も言った通りだ」

「では、もう一度言ってくれよ」

「まあ、新聞を読めば分かるのだが、それでも知りたいのなら言うが、キャルサーズはいろいろな人の誕生日の贈り物を考えて、贈り先のリストを作った。そしてロッホメイベンがそのリストの中に入っていて、家を受け取ったということだ」

そのことは嘘ではなかった。ぼくは唇をゆがめ、無言のまま背を向けた。そして、新たな怒りを胸に秘めてマウント・ストリートのアパートに戻った。嘘ではなかった。でも半分の真実も嘘のうちだ。でもラッフルズがそんなことを認めるとは思えなかった。二人の間には一定の名誉のルールがあった。それは泥棒が泥棒を理解する類のものでしかなかったのかもしれない。でもこれで終わりだ。ラッフルズはぼくをだましたのだ。ラッフルズはぼくの人生を台なしにしたのだ。ここにその名前は書けないが、実際は彼女がそうしたのだが。

でも、ぼくは彼を激しく非難し、彼の嘘に満ちた行為を憎んではいたが、心の中では、これらは意図されたものではなかった、という気がしていた。彼はぼくにこのような傷を負わせることは夢想だにしなかったし、どんな傷も負わせる意図はなかった。本質的にこのような詐術は許されるべきものである。その理由はラッフルズが主張した通りだ。彼が言おうとしたへクター・キャルサーズがロッホメイベンに家を贈ったが、その家の相続人には息子のエイリック・キャルサーズが選ばれていたというのもあり得る話だった。ラッフルズがヒントを与えてくれたのを、僕はそう取りたくなかっただけなのだ。しかも、彼は一度ならずこの冒険からぼくを外そうとしたのも本当だ。まあ、彼がもう少しはっきり言ってくれたら、それを聞き入れたかもしれない。

ラッフルズがぼくの名誉を傷つけずにそうできなかったことを、責めることができるだろうか。まあ、彼は人並み外れた人物だからそれを期待するのだが――。でもぼくはそのことで彼を非難できそうになかった。

次の数日の間、ぼくはあまりにも落ち込んでいて、新聞の仕事をさぼってしまったのだが、これは仕方がないことだ。ぼくはパレス・ガーデンズの窃盗未遂事件についてあらゆる新聞記事を丹念に読んだ。その報道はぼくの気分を和らげてくれた。第一にそれはあくまでも未遂事件だった。実際に被害は何もなかった。それに、家にいた唯一の証人と言える人物は、犯人に関してまったく何も証言していなかった。まったく、どのような人物かも言わないので、犯人が逮捕される可能性はなかった。

この発表を読みながら、どんなに複雑な心境になったかは言うまい。この件に関してあるプレゼントを彼女にしたいと思ったことは、ぼくの心にかすかな光を与えてくれた。それは本だった。宝石はタブーだった。何も言わずに本を送る。それが彼女の手に持たれることを望んだ。

ぼくはラッフルズの近くにはもう行かないことにした。でも心の底ではこの決断を後悔していた。ぼくは愛を失い、名誉を犠牲にした。そして、ぼくは自分が失ったすべてのものを償うべき社会からも自分を疎外していた。こうした状況はむろんぼくの経済状態を悪化させた。郵便を見る度にぼくの銀行から最後通告が送られてきていた。でもこれは大した問題ではなかった。結局ぼくはラッフルズを愛していたのだ。愛したのは二人が経験した暗黒の生活のことでも、そこから上がる利益のことでもなかった。愛したのは彼の人柄だった。彼の陽気さであり、ユーモアであり、めくるめく大胆さであり、勇気であり、情報の豊富さであった。

単なる利益を考えて、彼とつき合うことはしまいとした決断にふたをかぶせることはしたくなかった。でも、怒りは自然に消滅していて、遂にラッフルズがふらりとやってきた時は、ぼくは飛び上がって彼を迎え、嬉《うれ》しくて叫んでしまった。

彼はまるで何事もなかったように現われた。実際たいして時間が経っていたのでもなかったのに、ぼくには何カ月も会わなかったように感じられた。でも、タバコの煙を通して見る彼の視線は、心なしか陰っているように見えた。でも彼がさりげなく、話を始めてくれたのはとても嬉しいことだった。

「彼女から何か言ってきたかい、バニー?」彼は聞いた。

「いや」ぼくは答えた。「これについては、もう話したくないんだ、悪いけどね、ラッフルズ」

「まあ、そうだろうな」彼はそう言った。でも驚き、がっかりしていた。

「そう。そういうことさ。終わったのだ。それに何が期待できる?」

「分からない」とラッフルズが言った。「ぼくはね、あのように苦労して男を捕まえた女性は、一歩進んでそれを維持する努力をするのでは、と思ったのだがね」

「それはないよ」ぼくは内心の欲望とは裏腹にそう言った。

「でも彼女から何か言ってきただろう?」彼はしつこく言った。

「彼女はぼくのプレゼントを黙って送り返してきたよ」ぼくは言った。「まあ、これも交信の一種だがね」

ぼくはラッフルズに本だけしか贈らなかったと言うのはやめにした。彼は「送り返したのは確かに彼女自身なのか?」と聞いた。それが彼の最後の質問だった。ぼくの答えは無言で十分だった。彼がだまってぼくの肩に手を置いてくれたのが、どんなに助かったか、言うまでもない。

「つまり君は楽園から追放されたんだ!」ラッフルズは言った。「もっと早くくればよかったかな。でもバニー、楽園が君を歓迎しないならね、オーバニーの地獄はいつでも大歓迎だ」

彼の微笑《ほほえ》みには魔法のような力が宿っていたが、そこに混じるかすかな悲しみの意味を——ぼくはまだ読み切れていなかった。

第二話　銀器の大箱 —— The Chest of Silver

ラッフルズという人間はどんな集団の長に据えてもさまになる人物で、闊達《かったつ》にその道の話をいとも朗らかに、さらりと自慢できる人物だった。英国でもっとも有名なシェフィールド産のアンティークのナイフやフォーク等の銀器を語らせても然り、金や銀などの貴金属に関する知識も豊富だった。でもなぜかその知識をひけらかすことはなかった。普通の人と違い、いわゆる収集家として逸物を集めたり、専門家ぶりを発揮して語ったりすることはしないのだ。古い樫材《かしざい》の大箱だの、マホガニー製のワイン貯蔵庫にはそれなりの出費を厭《いと》わなかったが、紋章の入った銀器などにはあまり心を動かされることがなかった。むろん、それをあえて使ったり、溶かして売ったりなどはしなかった。でもそうしたものは、鍵《かぎ》のかかったドアの中に保管してあり、時折眺めてにんまりすることはあったようだし、ある日の午後、その場面を目撃したこともある。それはぼくがまだ盗みの修行中の身で、彼の住居だったオーバニーで楽しく過ごしていた頃のことである。もはやラッフルズには侵入する対象がなくなっており、ぼくもそれに従い何もしていなかった。ラッフルズがよこした「しばらく旅行するので行く前にちょっと会いたい」という電報を見てオーバニーにやってきていたときだ。彼はいかにも古そうなブロンズのお盆や光沢を押さえた茶器に囲まれており、それらを銀器用の大きな収納箱に、大事そうに一つずつ収めていたのである。

「ああ、君にはすまないが、君の入ってきた二つのドアに鍵《かぎ》をかけて、そのキーをポケットに入れなくては安心できない」

ラッフルズはぼくが部屋に入ったときにそう言った。

「君をここに監禁する気持ちはまったくない。でもこれらの鍵を外から開ける可能性のある人物がいるんだ。ぼく以外にもやる奴がいるということさ」

「有名な泥棒のクローシェイじゃないんだろう？（第一巻、第三・七話参照）」

ぼくはまだ帽子をかぶったまま、突っ立ってそう聞いた。

ラッフルズはただ微笑《ほほえ》みを浮かべただけだった。その意味は不明だったが、しばしばそれが重要な意味を持つこともあったのだ。その瞬間に、ぼくはあのもっとも危険なライバル、盗賊世界の大物が再び現われたのだと確信した。

「実際に見てみないかぎりは分からない」というのが、彼の答えだった。「あのとき窓越しに去るのを目撃して以来、この目で彼を見ていないのでね。でも奴は刑務所に戻って快適にすごしていると思うがね」

「クローシェイにかぎっては、どうだろう?」ぼくは言った。「あの優秀な男が二度も捕まるだろうか? ぼくは彼をプロの盗賊の大家と呼んでもいいと思うね」

「そうかい?」ラッフルズは冷たい目でぼくを見つめた。「では君はぼくがいない間に、彼を寄せつけない準備をした方がいい」

「それにしても、どこに行くんだい?」

そう言って帽子とコートを脱いでかけようと思ったが、そのコート掛けも、またラッフルズの宝物の一つだったのだ。

「一体どこに行こうとしているんだ? それに、どうしてこの宝物の数々を持って行こうとしているのかね?」

ラッフルズはにやりと笑って見せた。そして、ぼくと一緒にタバコを吸い始め、ウイスキーのデカンタに向かって鷹揚《おうよう》に首を振ったのである。

「質問は一つずつにしてくれないか、バニー?」と彼は言った。「第一に、この部屋は留守の間に塗り直し、電灯をつけ、電話を入れる工事をしてもらうよう頼むつもりだ」

「それはいい！」ぼくは叫んだ。「電話が入れば、君とぼくは昼と言わず夜と言わず話ができるわけだ」

「そして、それぞれの悩みを聞き、駆けつけることもできる。ぼくは君が駆けつけるのを待っていると思うよ」とラッフルズははっきり言った。「でもこれからが大事だ。ぼくは別に新しいペンキが好きとか電灯がいいとかいうのでなく、君に耳を働かせて欲しいのだ、バニー。しかもなるべくさりげなくね。というのは、このオーバニー・アパートの九官鳥みたいな噂《うわさ》好《ず》きの連中が、ペチャクチャとぼくに関して話しているらしいんだよ。発端はどうもあのマッケンジー警部の一件（第一巻、第七話参照）かららしい。まだそれほどひどい状態ではなく、ぼくの耳にも聞こえてはこない。でも気になることではあるのでね、それが本当かどうか確かめて欲しいんだ。まあ、場合によっては、警察がぼくの部屋を徹底的に捜査するということにもなりかねない。分かったかな？　バニー」

「よく分かったよ。やらせてもらう」ぼくは誠意をもってそう言った。

「ぼくには、ちょっとしたアイディアがある」ラッフルズが言った。「たぶん、君も賛成してくれると思う。ぼくはできるかぎり鍵《かぎ》をかけずに行くつもりだ」

「これ以外はね」ぼくは大きな櫃《かし》の箱を蹴飛ばしながら言った。それにはがっちりした鉄の帯があり、留め金がついていた。そして、内部には重い壺《つぼ》や燭台《しょくだい》を入れてもいいように、フェルトの内張りが施されていた。

「これはね」ラッフルズは言った。「持っていかないし、ここにも置かない」

「ということは?」

「君は例の銀行口座があり、銀行に金庫を持っているね」彼は続けた。その通りだった。もっとも、それはラッフルズが開けられるようになっていて、ぼくはむしろ緊急事態のときにのみ開ける取り決めだったのだが。

「それで?」

「ここにある一束の紙幣を今日の午後持って行って銀行に預けて欲しいんだ。君は『今までリバプールとリンカーンの競馬場で驚くほど儲《もう》かった、これから復活祭《イースター》の休暇をすごすためにパリに行くので、明日は銀器やら何やらを預かって欲しい。箱の中には昔から実家に伝わっている品物がこまごま入っているので相当重い』と言って欲しい。君が結婚して落ち着くまで銀行に置いておきたい、とか言ってね——」

ぼくはいささか驚いたが、しばらく考えて承知することにした。結局、よく考えてみれば、これはもっともな話だった。そしてラッフルズには銀行口座がなかった。というのは、窓口で多額の現金の出所を説明するのは不可能だったからである。ぼくのわずかな残高の口座にこれだけの金額を入れるのですら、今の説明ではやや問題があったが、でもこの頼みは断われなかった。今となっては不承不承にしろ、承諾できてよかったと思う。

「この箱の梱包《こんぽう》はいつ終わるんだい?」札束をシガレット・ケースにしまいながら、聞いた。「銀行の閉店時間までに、皆の注意を引かないように、持ち込めるかな?」

ラッフルズはもっともだ、というように首を振った。

「君がたちまちそのような問題に気がつくとはすばらしいことだ。まず、夜陰に乗じて君の家に移動させることを考えた。それにしても見られる危険はある。むしろ、昼間に移動した方が疑いを持たれないだろう。馬車で君の銀行に運ぶ所要時間は十二分から十五分というところだ。十時十五分前にきてくれればぴったりだ。四輪馬車を予約しておいたほうがいいだろうね」

当時のラッフルズらしいのは、そう言った途端にぼくの手を握ってすぐ別れようとしたことだ。でもぼくとしてはもう一服タバコを吸いたかったし、彼がぼくに二、三、説明していないことも残っていた。第一、彼がどこに行くのか聞いておく必要があった。コートのボタンをかけながら、それを聞いたのである。

「スコットランドだ」彼は遂に教えてくれた。

「イースター休暇かね?」ぼくは言った。

「ことばを修得するために行くんだよ」彼は説明した。「ぼくは自国語しかよくできない。

でも何とかスコットランド語も使えるようにしたいのさ[*]。さまざまなニュアンスも含めてね。これは知っているだけでも役にたつよ、バニー。あの夜セント・ジョーンズの森で、下町なまりのコックニーが役に立ったのを覚えているだろう？（第一巻、第二話参照）ぼくはアイルランド語や、本物のデヴォンシャーやノーフォークなまりの英語を維持している。ヨークシャーの三つの方言も区別できる。でもスコットランド語はまだまだで、これをぜひものにしたいんだ」

（＊訳注：スコットランドもアイルランドも英国の一部だが、もともとは別の国。言葉も発音のみならず語彙も外国語といえるほど英語と異なる）

「緊急連絡はどこにすればいいの？」

「着いたらまず、ぼくの方から君に手紙を書くことにするよ、バニー」

「少なくとも、君を見送りたいね」ドアのところで、そう言った。「別に切符を見せろなんて言わないけど、いつの汽車？」

「ユーストン駅発十一時五十分」

「じゃあ、明日十時十五分前にくるよ」

彼がいらいらしているのが分かったので、それ以上の話はやめにして彼のもとを辞去した。まあ、もっと詳しく話したかったが、ラッフルズはそれを好まなかったし、大体のことははっきりしたからだ。でも少なくとも食事ぐらいはしたかったのに——。馬車の中でシガレット・ケースにしまった札束を数えていると、少し傷ついた。三桁《さんけた》の金額であることは確かだった。ラッフルズは自分が不在の間はこれで楽しんでくれよ、と言っているのは明らかだった。ぼくは銀行で彼の考えてくれた嘘《うそ》をわざとらしく述べ、翌日箱を預けにくる約束を取りつけた。それから、なじみのクラブに寄って、彼がきたら夕食を一緒にとろうと思ったが、彼はこなかった。翌日は約束の時刻に四輪馬車のタクシーでオーバニーに行ったが、ここでも裏切られた。

「ラッフルズ様はもうお出かけになりました」門番は言外に非難がましい口調で、そう言った。この門番はラッフルズから法外の心づけをもらっているので、彼につき従っていたが、ぼくのことはあまりよく知らなかったのだ。

「出かけた?」ぼくは唖然《あぜん》として聞き返した。「どこにまた?」

「スコットランドでございます」

「もう出たの?」

「昨夜十一時五十分発の汽車でした」

「昨夜か! ぼくはまた今朝の十一時五十分だと思っていた!」

「そうだろう、と言っておられました。昨夜あなたさまがお出でになりませんでしたから。で、こられたら『そんな汽車はない』と伝えて欲しいと言われました」

ぼくはラッフルズに対する悔しさと腹立たしさで、着ているものを裂きたいほどだった。すべてはぼくの思い違いなのだが、彼のミスでもあった。でも彼がぼくを避けようとしたことは明らかで、これはミスでも思い違いでもないのだった。

「他に伝言はなかった?」ぼくは不機嫌そうに聞いた。

「箱のことだけでございます。自分がいなくてもこの箱のことはあなた様がおやりになる、と言われました。私の友人が、馬車に積み込むのを手伝ってくれます。非常に重いのです。でもラッフルズ様と私で持てましたので、彼と私で大丈夫だと思います」

ぼくに関して言えば、問題は重さというより、そのばかでかいサイズだった。朝の十時にクラブの前を通り、公園に入って運んだが、ぼくは四輪馬車の中で小さくなっていた。なにしろ屋根には大きな鉄の留め金のある箱を積んでいるのだ。しかも中には、世界があっと驚く、問題のある銀器がぎっしり詰まっているときている。一度など交通警官に一時停止を命じられたのだが、そのときは全身の血液が沸騰するような思いだった。

不良少年が何かをわめいていたが、それはあたかも〈泥棒〉と叫んでいるように聞こえた。とにかくぼくが生涯で経験したもっとも不愉快な十五分間の馬車の旅であった。

銀行に到着してからは、ラッフルズの先見性と気前のよさのおかげで、万事スムーズにことが運んだ。ぼくは御者に十分なチップをあげたし、下ろすのに手を貸してくれた若者には二シリング銀貨をやった。そして、ぼくのリバプール競馬の冗談に笑ってくれた銀行員には一ポンド金貨を押しつけた。ちょっと驚いたのは、この種の箱を受け取っても銀行は預り証を書かないことだったが、ロンドンの銀行はどこでもそうらしかった。でも銀行の世界がこうした信用によって動いていることを知るのも、愉快なことだった。

大役を果たしたあとの一日は幸福だった。でも夜になって、もっとも厄介な知らせがラッフルズ自身から届いたのである。彼は電報はよく打つが、手紙は滅多に書かない男なのだ。だが時折、走り書きした手紙をメッセンジャーに届けさせることはあった。それは汽車の中で書いたもので、クルー駅で投函されていた。

〈やっぱりプロの盗賊の大家だった。ぼくと入れ違いになった。銀行に多少とも懸念があらば、ただちに引き取って自宅に保管されたし。　A・J・R〉

追伸――ほかの理由は、いずれ分かるだろう。

謎《なぞ》を解くには寝酒が一番だった。自宅に保管することで、心配が減るのはいいことだ。でもこの暗号めいたメモには不安な気分がつきまとい、眠れなくなった。手紙は最終の配達で到着したのだが、開かずに郵便受けに翌朝まで置いておけばよかった。

それにしても、ラッフルズは何が言いたいのだろう？　ぼくにどうしろと言うのか？　朝になると、こうした疑問が押し寄せてきた。

クローシェイのニュースは別に驚かなかった。ラッフルズも旅行に出るに際して、彼のことは十分考えたに違いないと思っていた。実際に彼を目撃した訳でなくとも。あの悪漢と彼の旅とは、もっと密接なつながりがあるのではないかとぼくは思った。ラッフルズは言わなかったが、戦利品をすべてぼくの銀行に保管させたのも、その対策の一環だと思われた。クローシェイ自身、銀行までは手を伸ばせないだろう。彼がぼくの乗った馬車のあとを尾けたとは思えなかった。恥ずかしい馬車輸送ではあったが、もし尾けられていたとすれば、何か感じたにちがいなかった。手伝ってくれた門番の友人を思い出したが、あれはぼくの見知っている男だった。ぼくはクローシェイには会ったことがあるのだ。あの友人はぜったいに別人である。

あのいやらしい箱を銀行から引き取って、別のタクシー馬車に積んでここに運ぶことは、どんな理由と口実があったにせよ、当分考えられなかった。にもかかわらず、そのことをいつ間か考えてみた。ラッフルズとのことでは、ぼくの役目をちゃんと果たすように習慣づけられていた。彼は常に自分の役目以上のことをしていた。まあ、なぜ彼の箱を引き取らなかったかについて、明らかな理由を述べることはできない。ぼくを信用することに危険を感じていたにせよ、彼がぼくにすべてを任せたいと思っていたことは確かだと思った。
いろいろなジレンマの中で悩み、ぼくはろくろく昼食も取れなくなった。そこでノーサンバーランド・アベニューに行ってトルコ風呂に入った。この際、からだをきれいにすることだ、と思った。まあこれが正しい判断だったかどうかは別としても、ラッフルズだってときどき、精神の平穏を回復するためにトルコ風呂を利用していた。ぼくは靴を脱いだ瞬間から気分がよくなった。泉の湧《わ》く音が聞こえ、滝が流れ、長椅子《ながいす》に横たわっていると、たとえようもなく清潔で、暖かく、のんびりして気持ちがよかった。それから熱い蒸し風呂に入る。華氏二百七十度のなかで汗を流し、置いてあった「ペル・メル・ガゼット」紙を手にして外に出た。ぱらぱらとページをめくっていると、突然大きな見出しが目に飛び込んできた。

〈ウエスト・エンドで銀行強盗
　　――大胆で、不可思議な犯罪〉

スローン・ストリートのシティー&サバーバン銀行で大胆かつ卑劣な強盗事件が起こった。現在までに判明しているところでは、早朝に発生した計画的で巧妙な犯罪とみられている。夜警のフォーセット氏の話では、午前一時と二時の間に地下の金庫室で物音が聞こえたという。この金庫には銀行の顧客の銀器はじめさまざまな貴重品が収納されていた。フォーセット氏は様子を見に降りていき、暴漢に襲われて倒れたが、警報は鳴らなかった。フォーセット氏の話では、暴漢は一人ではないと思われたが、人相などは覚えていないということだ。彼が意識を取り戻した時にはすでに盗賊の姿はなかった。階段にはロウソクだけが残されていたという。

金庫室は開けられ、銀器や貴重品を入れた箱などは持ち出されていた。ちょうど復活祭《イースター》の休暇で出かける人々が、銀行にこれらの貴重品を預けていっており、盗賊はそれを狙《ねら》ったものとみられる。被害に遭ったのはこの金庫室のみで、通常の銀行業務に使われる部屋には入られていない。盗賊達は地下の石炭の貯蔵庫に通じる出入口から侵入したものとみられる。警察によると、現在まで容疑者は逮捕されていない。

ぼくはこの驚くべきニュースに呆然《ぼうぜん》してしまった。熱い蒸し風呂に入ったにも拘わらず全身に冷や汗が流れ、頭から足の先まで冷たくなってしまった。むろん、クローシェイの仕業に違いなかった！　クローシェイはラッフルズの跡を辿《たど》って戦利品を横取りしたのだ。ぼくはもう一度ラッフルズを責めなくてはならなかった。彼の警告は遅すぎたのだ。彼はぼくに電報を打って「箱を銀行に持って行くな」と伝えるべきだったのだ。明らかに財宝用と分かる箱を作り、銀行に預けたことが間違いだったのだ。裏をかいて、それに似た箱を盗ませる手もあったのではなかろうか？

さらに、その財宝の性格に考えが及んだとき、冷や汗だけでなく震えがきた。もしも箱が開けられて中の銀器が取り出され、その中の明らかに盗品と分かる品物が公になったとすると、ラッフルズに足がつく。クローシェイなら復讐のためにそれくらいのことはやりかねない。

ぼくに残された唯一の方法は、手紙に指示された通りのことをやることだった。どんなことがあってもあの箱を取り戻すのだ。もしラッフルズが行き先を残していたら、ただちに電報を打って警告を発するのに、と思った。でもそんなことを考えているだけ無駄なことだった。とにかく今は銀行の閉まる四時までに駆けつけることだった。幸いなことにまだ三時になっていない。とにかくトルコ風呂のコースをすませてから出ることにした。もうこれから何年もトルコ風呂には入れないだろう。

ぐずぐずしてはいられなかった。髪を洗ってもらう時間も惜しかった。まあ、そうする気分ではなかったのかもしれない。何しろぼくの係にチップの六ペンスをあげるのすら忘れていたくらいだから——。彼がアデュー《さよなら》を言って初めて気がついたのだ。身体の熱を冷ます部屋のソファーはぼくの大好きな場所だったが、それさえも、針の筵《むしろ》だった。

隣のベッドではあの盗難について話している人々がいた。でも大体は失望する内容で、ほとんどはすでに知っていることだった。とにかく、そこを出るとタクシー馬車をつかまえてスローン・ストリートに向かった。すでにそこでは大変な騒ぎが起こっていた。

シティー&サバーバン銀行の前では、タクシー馬車に大きな箱を積み込んで帰る人々が相次いでいた。銀行では女性従業員が苦しい弁解をしていた。昨日冗談を言った例の銀行員はぼくを見つけると、ひどく横柄にふるまった。

「午後中待っていたんだよ」と彼は言った。「そんなに青い顔をする必要はない」

「盗まれなかったということかい?」

「君のノアの箱舟のことだね。そう、大丈夫だった。盗もうとしたら邪魔が入ったと聞いている。盗賊は戻ってこなかったらしい」

「じゃあ、開けられなかったんだな?」

「開けようとしたけど、駄目だったようだ」

「よかった!」

「君の方はよかったがね、こっちは大変なんだ」銀行員はうなった。「課長が言うには、君の箱は一番下に置いてあったとか」

「本当に大丈夫なんだな?」ぼくは不安そうに尋ねた。

「ほかのは馬車に積んで逃げるのを一・五キロぐらい先に見たらしい。追っていったんでね」銀行員が言った。

「課長はぼくに会いたいと言ってるかい?」ぼくは大胆にも、そう聞いてみた。

「そちらが会いたいなら別だが、特に会いたい訳ではない」彼は不機嫌そうに答えた。「何しろ午後中大変だったのだ。被害のあったお客様との応対でね」

「では、これでぼくの安物の銀器がご厄介をかける恐れはなくなった訳だ」ぼくはもったいぶって言った。「まあ、置いておいてもいいが、そちらは引き取って欲しいらしいので、誰かに手伝わせてくれよ、そうするから。それにしても、午後中大変だったね――」

今度は馬車に積んで走るのも、あまり抵抗はなかった。とにかく近い将来に起こりそうな問題が杞憂《きゆう》に終わったので、ほっとしていた。雨の多かった四月の初めと違って、初夏の太陽が輝いていた。公園を横切ると、新緑と黄金色の樹の花が美しかった。心の中にも希望の芽が伸び始めていた。ぼくの二輪馬車は復活祭《イースター》休暇から戻ってくる小学生たちの一群を乗せた四輪馬車を追い越した。馬車には自転車や折り畳み式の簡易車が積み込まれていた。大荷物を積んではいたが、こちらのほうが幸せのようだった。

マウント・ストリートのわがアパートに着き、幸運なことに大箱はエレベーターに収まった。そしてエレベーター・ボーイが手伝ってくれたおかげで、箱は無事ぼくの部屋に運びこまれた。今はもう重いとも思わなくなっていた。力持ちのサムソン(旧約聖書中の人物)になったような気がした。大箱は今ぼくの部屋のど真ん中に鎮座していた。

「バニー！」

ラッフルズの声だった。それがどこから聞こえたのか分からず、きょろきょろ見回した。窓のところでもなく、戸口のドアでもなかった。でもラッフルズの声であることにまちがいはなかった。喜びと満足に満ちた彼の声であった。そして、大箱の真ん中のすき間にラッフルズの首が見えた。

ラッフルズは生きていた。声帯が壊れるほどゲラゲラ笑っていた。ラッフルズに悲劇の影は見えなかった。ポートマントーという旅行用の革のトランクに使われるベルトに似せて、大箱を縛る二本の鉄製のベルトがあり、その間に窓が作ってあったのだ。彼が荷造りに忙しいと思っていたのは、実はこの仕掛けを施していたのだ。これほど巧妙に作るには夜までかかったに違いない。ぼくが感心して見ていると、窓の中の顔がぼくに笑いかけた。次に窓から腕が伸びてきて、ラッチを外した。上部がぽかりと開き、ラッフルズが手品師のように出てきたのである。

「泥棒は君だったのか！」ぼくがそう叫んだ。「まあ、ぼくが知らなくてよかったよ」

彼はぼくの手をしっかりと握って何度も振った。「わが親愛なる善人君」彼は叫んだ。「それが一番聞きたい台詞だったんだ！　もし、君が知っていたらあんな風にうまくは振る舞えなかっただろう。いや、誰にだってできない。どんな名優を持ってきたって、君のようには振る舞えなかった。ぼくはずうっと中で聞いていたし、こっそり見ることもできた。でも君はよかった。オーバニーでも、銀行でも、ここでも完璧《かんぺき》だった」

「ずうっと悲しかったよ」ぼくは気を取り直して言った。今はやや冷静に物事を見ることができた。「まあ、君にいい点をもらえるとは思わないが、これでも密かに努力はしたんだ。むろん、心の中の問題はどうということもないけれどね」

しかし、ラッフルズはもっとも魅力的な微笑を浮かべ、無邪気に頭を振った。彼は古い服を着ていて、それはあちこち破けていた。顔も手も汚れていた。でもそれはごく表面の汚れで、彼の経験の豊富さを物語っていた。何と言っても、今彼が見せる微笑《ほほえ》みが、ぼくの一番好きな表情だった。

「君はへまをやらかすこともできたんだ、バニー。だから、君は十分英雄になっていいよ。でも君はもっとも勇気の要る人間同士の関係を忘れている。ぼくはそれを忘れることができなかったのだ、バニー。それを止めることはできなかった。ぼくが君を信頼しなかったと思わないで欲しい。君の忠誠は自分を信じるのと同じようによく分かっていた。

もし、金庫室で君に箱を開けられたとしたら、どうなったと思う？　今みたいに出てこられたと思うかい？　むろん、そのときの用意はあったが、今回のようにすべてが美しく進行することはなかっただろう」

ぼくは彼の好きなサリバン・タバコを勧めた。彼はソファーに長々と身を伸ばして横たわっていた。片手には黄金の輝きを持つウイスキーのグラスを手にしている。ぼくの苦難と彼の勝利がそこに結実されていた。

「これを考えたのは、そんな昔のことではない。ほんの数日前と言っていいかもしれない。君に話した理由で旅行に行くことを考えていたのは本当だったのだ。まあ、口実としても君を納得させられるものだったが、でも本気でもあったのだ。それに、電話も欲しかったし、電灯の工事もしたかった」

「わかった。でも本物の銀器はどこに置いといた?」

「手荷物に入れたのさ。ポートマントー、つまり旅行鞄《りょこうかばん》さ。それにクリケットの鞄もあったし、スーツケースも持ったからね。まだユーストン駅に一時預けになっている。今夜取りにいかないと」

「取ってきてあげるよ」ぼくは言った。「で、君は本当にクルー駅まで行ったのかい?」

「あのメモは届いたんだろう? バニー。ぼくはあの数行の手紙を投函するだけの目的でクルーまで行ったのだ。トラブルを避けたければ、手間を惜しんではならない。ぼくは君が銀行やその他で『そうあって欲しい』という表情を浮かべて欲しかったのだ。君はその通りにしてくれた。クルー駅到着の四分後に、上り列車が出ることが分かっていたんだ。だから投函するとすぐに、上りに乗り換えて帰ってきたのさ」

「午前二時にかい？」

「三時近かったよ、バニー。『デイリー・ニュース』が配達され、牛乳配達が七時だから、この二つを受け取り、君がくるまでにまだ二時間たっぷりあった」

「思えばね」ぼくはぶつぶつ言った。「まったく、騙されていたわけだ」

「君のすばらしい協力を得たということさ」ラッフルズは言った。「まあ、君が時刻表をチェックしていたら、あんな汽車は午前にはないことが分かっただろう。ぼくも午前とは言わなかった。でも君が午前と思うことは計算済みだった。そこで君はぼくの入った箱を運び上げて馬車に乗せた。思えばひどい十五分だったよ。ただ、すべては計画通りに行った。ぼくはロウソクも持っていたし、マッチも用意していた。読み物もたっぷり入れておいた。金庫室の中は極めて快適だった。予期せぬできごとが起こるまではね」

「えっ、何があった？　ねえ、話してくれよ！」

「その前にサリバンをもう一本くれよ。マッチもね。ありがとう。予期せぬこととは、外に足音が聞こえて、金庫室の鍵《かぎ》を開ける音がしたことさ。ぼくがトランクのふたを開けようとしていたときで、大急ぎでロウソクを消して隠れた。トランクといっても宝石箱でね、中味はまもなくお見せするよ。復活祭休暇《イースター》に行く人々が預けたものがあって予想以上の収穫だった」

その言葉を聞いてトルコ風呂から持ってきた「ペル・メル・ガゼット」紙を思いだし、ポケットの中からくしゃくしゃになった新聞を取り出した。それをラッフルズに渡して読んでもらった。

「すごいね！」読み終えてラッフルズは言った。「泥棒は何人もいたと書いてある。しかも石炭の貯蔵庫から入ったとね！　いや、そう見せかける細工はしたんだ。ロウソクを残して、石炭に燃え移るようにね。そこからは裏庭に出る口があってね、実はその出口は八才の子供が通るのがやっとの大きさなんだ。まあロンドン警視庁はこの記事の通りに考えているだろうがね」

「でも夜警をノックアウトしたんじゃないのか？」ぼくは聞いた。「それはちょっと君らしくない」

ラッフルズは考え深げに、ソファーの上にタバコの煙の輪を吹かした。黒い髪の毛がクッションに垂れている。彼のやや青白い容姿が鋏《はさみ》で切り取った画像のようにくっきり見えた。

「そう、ぼくらしくない」ラッフルズは残念そうに言った。「でも起きてしまったことだ。詩人もそう語るだろうが、成功と切り離せないことが起こるものだ。あの金庫室から出るためには数時間を必要とした。外から侵入したという跡を残す必要があったのだ。そこにあの男がやってきた。まあ盗賊によっては殺すだろうな。でもぼくは背後から近寄り、壁に押しつけて首を絞め、気を失わせた。殴ったことも確かだが形だけだ。奴はしばらく気を失ったが、その後は新聞にある通りにちゃんと話もしている」

　彼はグラスの酒を飲み干した。ぼくがさらに入れようとすると、自分でポケットからスキットル《フラスコ》を取り出して注いだ。スキットルはまだほとんど一杯だった。本当に休日には旅行しようと考えていたのだと思った。復活祭《イースター》の休みを利用して休暇を楽しむつもりだったのだ。でもそうしなかった。危険に挑戦した。ぼくに対する信頼を基に計画したのだ。

　田園の叙事詩《ラプソディー》を楽しむ変わりに、銀行の金庫室で宝石箱を開けて輝く宝石を手にすることが、ラッフルズの今回の復活祭《イースター》休暇だった。でもスコットランドにはこの先二人で行くこともあるだろう。また夏にはミドルセックスにクリケットをやりに行くことも考えられる。でも今回のように、ぼくをまったくかやの外に置いて実行された冒険は、やはり思い出すと胸が締めつけられるようだった。こんな風に感じたのは滅多にないことだった。ぼくは最後にクローシェイの一件に触れない訳にはいかなかった。

「君は彼が出没していると、ぼくに思わせたが——」ぼくは言った。「君があの窓から彼の逃げる姿を見て以来、まったく音信不通なんだろう?」

「一昨日君が家にきて彼のことを言うまで、まったく考えたことすらなかった。すべては君に貴重な銀器のことを心配させるのが目的だったのだ」

「まあ、それは分かるけれどね」ぼくは蒸し返した。「わざわざ手紙で嘘《うそ》を知らせることもなかったんじゃないか？」

「嘘なんて書いたか？」

「では、プロの盗賊の大家は？　ぼくが盗賊の大家と言ったから——」

「バニー、確かに彼はそうだと思うよ」ラッフルズは言った。「でも、それはぼくが素人泥棒だった当時の話だ。今やぼくが大家になったんでね。まあ、本職の世界にも、もう一人くらいすごいのがいてもいいと思うがね」

第三話　休暇療法 —— The Rest Cure

ぼくはラッフルズにもう一カ月以上も会っていなかったが、突然彼の助けが必要になった。ぼくの生活は楽ではなく、マウント・ストリートのアパートの家具が高利貸しに差し押さえられてしまったので、この悪どい高利貸しを避けるためには、しばらく住居を移さざるを得なかったのだ。そのためにもむろん金が要るのだが、ぼくの銀行口座は情けない状態で、ラッフルズの援助が必要だった。

八月の末だったが、ラッフルズは消息不明で、七月以来クリケットの試合はしていなかった。七月以来ミドルセックスのチームでは、学生の副主将が彼の代理をつとめていたのである。ぼくとしてはフィールズ、スポーツマンの二チームをカントリーハウスで対決させたかったが、彼はもうシーズンを終えたいと考えていて実現しなかった。というより、確かに試合は行なわれたが、A・J・ラッフルズという魔法の名前が見られる試合にはならなかった。困ったことにラッフルズの消息はオーバニーのアパートに行っても分からなかった。メモも残しておらず、郵便の転送先もなかった。われわれのクラブでは誰も消息を知らなかった。彼は悪魔に魅入られたのではないかと心配になり始めていた。写真が多く載っている日曜版の新聞で、逮捕された犯罪者の記事や写真を丹念に見たりした。まあ彼の顔がないのでほっとはしたが、でもラッフルズの活動とおぼしきものも、記事になっていなかった。心配だったことも確かだが、ぼく自身、個人的理由もあって、彼の消息が知りたかった。だからふとその兆候が見えたときには、二重に嬉《うれ》しかったのだ。

五十回目（?）のオーバニー参りをしてラッフルズの消息が得られず、がっかりしてピカデリー通りを歩いていたら、ぼくの横に浮浪者が近づいてきて「あなたは、もしかして」とぼくの名前を呼んだのだ。

ぼくがそうだ、と言うと、彼はぼくの手にメモを握らせた。

それはラッフルズからの伝言だった。しわくちゃの紙を伸ばして見ると、鉛筆の走り書きが見えた。

〈今夜暗くなってから、ホーランドウォークで会いたし。ぼくが現われるまで

時間をつぶしていくれ。　　　　　　　　　　　　　　　Ａ・Ｊ・Ｒ〉

ただそれだけだった。何週間も音信不通で心配をさせておいてこれだ。ラッフルズらしい学者っぽい筆跡を見ているうと、腹が立ってきた。これを読んでいるうちに、その浮浪者もどこかに消えていた。でもその夜、ホーランドウォークに現われた最初の人影は、同じ浮浪者だった。

「まだ、みえねえかの？」なにやら汚いパイプから煙を吹かせながら、秘密めかしてこう聞いたのだ。

「まだだね。あんたは一体どこで彼に会ったのかね？」ぼくは不機嫌に聞いた。「あの紙を渡すや否や消えてしまっただろ？」

「そういう命令ですだ、命令」それが答えだった。「じゃなければ、あっしにしても、したくはないすよ」

「一体、あんたは誰なんだ？」ぼくは疑いを覚えた。「ラッフルズとどんな関係なんだ？」

「ばかだなあ、バニー。ケンジントン中にぼくが戻ってきたと触れ歩くつもりじゃあるまいね」

答えたのは、ぼろを着てはいるが、まさにラッフルズその人に間違いはなかった。

「腕を取ってくれたらどうかね。見かけほど汚くはないんだよ。でも、ここにはいないことになっている。英国にはね。この地上にはと言ったほうがいいかな？　今いることを知っているのは君だけだ」

「では一体どこにいるんだ？」ぼくは聞いた。「もちろん、ここだけの話として」

「この近くに休暇のための家を借りたんだ。自分で処方した休暇療法のね。なぜかって、いろいろ理由はあるんだ、バニー。その一つは昔から髭《ひげ》を伸ばしたかったんだ。次の街灯まできたら格好よく伸びたことが分かるよ。もう一つは、君は知らないがロンドン警視庁にぼくに目をつけている抜け目のない男がいるためでもあるんだ。逆にぼくの方も彼に目を光らせる必要がでてきた、という訳だ。今朝もオーバニーでその警部を眺めていたのだ。そのとき君を見たので、出てくるまでの間にメモを書いたというわけさ。もし、われわれが話をしていたら、彼はたちまち見破ったに違いない」

「では君はここに潜伏していた訳か」

「ぼくは潜伏でなく、休暇療法《レスト・キュアー》と呼びたいね」ラッフルズは答えた。「事実、それ以外の何物でもない。誰も町に家を借りたいなんて思わないこの時期に、家具つきの家を借りたのだ。まあ隣人たちも休暇に出ていていないから、ぼくがここにいるなんて知らない。使用人は雇っていないし、何でも自分でやっている。無人島にいるのに次いで面白いよ。休暇中だから、むろん仕事はしない。冗談みたいだがね、バニー。この借家の主は女王陛下の看守長なのだ。だから、書斎には犯罪関係の書籍がぎっしりある。何年もきちんと読書をしていなかったからね。その中で悠々と体を伸ばして、これらの本を読むのがまた楽しい――」

「むろん、運動もするんだろうね?」ぼくが聞いた。彼はぼくをキャムデン・ヒルの緑の多いところに誘導して行った。その足取りは見たこともないほど、軽やかだった。

「生まれてこの方こんなに運動したことはない」ラッフルズは言った。「それが、このようにみすぼらしいなりをしている理由だ。ぼくは時折、馬車を尾《つ》けて走る。そうだ、バニー、夕暮れに明かりを消して、それから駆けてキングスクロスのユーストン駅で急行に間に合わせるんだ。外に出てタクシー馬車を見つけて、それに乗らずに一緒に五、六キロ走る訳だ。これは健康にいいだけでない、力も強くなる。これがこの秋の活動に役立つと思う。このロートンハウス型の髭《ひげ》もね。この休暇が、秋にちょっと変わったラッフルズを登場させることになる」

ぼくは例の問題を持ち出すタイミングを考えていた。ぼくの抱えているトラブルは説明する必要もない明白なものだった。でもラッフルズは精一杯自分の世界に生きていて、こんな問題を持ち出すのさえためらわれた。そのためには彼にぼくのレベルまで降りてきてもらわなければならなかった。彼のエゴイズムは皮膚の内面には浸透しておらず、衣服のように表面を覆っているだけだった。そして、ぼくの頼みとあらば、彼はいつでもそれを脱ぎ捨てることすらできたのだが——。

「まあそういうことだ、バニー」彼は言った。「君もやってきて、一緒に住めばいいんだ。二人して潜伏生活をやればいい。そしてこれが休暇療法であることを承知していればいいのだ。ぼくは君がいないときと同じように静かでありたい。沈黙の掟《おきて》を二人で守るというのはどうだろうね。承知するかい？　よし、決まった。この通りがそれで、あの家なのさ」

それはまったく閑静な通りで、感じのいい丘の上に家は建っていた。あまり美しくはないが、でも人がうらやむような豪邸で、通りの反対側にはやや小さいが背の高い家がならんでいた。その家には窓はほとんどなく、人気《ひとけ》はなかった。街灯のすぐ後ろには蔦《つた》のつるが一杯に茂っていた。一階の弓型の窓には鎧戸《よろいど》が降りていた。ラッフルズは鍵《かぎ》を取り出して玄関のドアを開け、ぼくは彼に続いて狭い玄関ホールに入った。彼は音もなくドアを閉め、街灯の明かりが差し込まなくなった。それから、彼はぼくを誘導した。

「いま、明かりを持ってくる」

彼はつぶやいて中に入った。彼が通った壁に電灯のスイッチが見え、彼が見えなくなるや、何の考えもなくスイッチをひねった。たちまちホールから階段まで光の洪水になった。彼は怒り、スイッチが切られ、暗闇《くらやみ》が戻った。彼はひとこともしゃべらず、歯の間から息を吸う音だけがかすかに聞こえていた。

ぼくに対しては何の説明もなかった。先ほどの電灯の光が乱雑なホールと、カーペットを敷いてない階段を見せただけだ。ラッフルズがいきなりスイッチに飛びついてそれを消したのが印象的だった。

「君がこの家を借りているんだな――」ぼくは低い声でしゃべった。「美しい家ではないか」

「君はぼくが不動産屋を通じてこの家を借りたと思っているのか?」彼はつっけんどんに言った。「ぼくはね、君が常に冗談の分かる男だと思っていたがね」

「どうして、家を借りてさ――」ぼくが聞いた。「家賃を払えばいい訳だろう?」

「何でその必要がある?」彼の不機嫌は治まらなかった。「オーバニーからわずか四・五キロのところで。決して平穏が必要なのではない。休暇療法と言っただろう」

「君はこの家に盗みに入って、そのままいついているだけなのか?」

「盗みではないよ、バニー。まだ何も盗んではいない。確かに住んではいる。そして忙しい人間にとって理想的な休養をしているのだ」

「ぼくには休養にならないね!」

ラッフルズは笑ってマッチを擦った。ぼくは彼について、裏側の食堂に入った。当家の主人である看守長はそこを折り畳みドアで区切って、一方を書斎に使っていた。ぼくはラッフルズが話していた犯罪関係の書物を眺めた。でも全部は見切れなかった。ラッフルズはオペラハット型のロウソクを灯し、それで天井を照らしたが部屋の中は結構暗かった。

「すまないね、バニー」

ラッフルズは上部を取り去ったデスクの台座に腰を下ろして言った。「昼間、日が高いときは、まあ外から分からないので灯火を自由に使える。もし君が書き物をするんだったら、暖炉のそばのデスクを使えばいい。でも見られる恐れがあると困るんだ。深夜にランプや電灯は使えない。鎧戸《よろいど》を降ろしたんだが、閉まっているといっても光が漏れるんだよ。だから夜には裏の家から見えてしまう。それから、電話に気をつけて欲しい。もし受話器を取ると交換手が家にだれかいることに気つくんだ。大佐は電話局に、正確にいつまで留守にするかを言い置いて行ったと思うからね。彼はまた変わっているんだ。あの書物の上の紙切れをみてごらん。ほこりが本に積もらないようにしているんだ!」

「彼は大佐なのか?」ラッフルズがこの家の主人を大佐と呼んだ理由を尋ねた。

「工兵大佐だ」彼は答えた。「なぜか最高のヴィクトリア十字勲章をもらっている。分からん男だ。たぶん一八七九年に南アフリカのルークス・ドリフトでズールー族に苦戦したときにもらったんだろう。それ以来刑務所長や看守長に任命されてきている。趣味は何だと思う? ピストル射撃だ。紳士録にそう書いてあるよ。帰ってきたときに対決するのが楽しみだね！」

「で、いまはどこにいるのかね？」ぼくは不安になって、そう聞いた。「どうして帰ってこないことが分かる？」

「スイスに滞在しているんだ」ラッフルズは笑いながら答えた。「手荷物の札をたくさん書いて、余ったのを残していったので分かるんだ。まあ、誰も九月の初めになるまではスイスから帰ってこない。それに召使達が先に戻ってくることもあり得ない。第一、連中が戻ってきても入れない。ドアの鍵《かぎ》に仕掛けをしたからね。まあ、彼等は単にドアの鍵が故障したと思うだろう。そこで鍵屋を呼びに行っている間にわれわれは紳士らしく退去するという訳だ。まだ、そのときまでいたら、の話だけどね」

「君が入った時と同じ様にね」

ラッフルズは薄暗い光の中で頭を振った。暗くてよくは見えなかったが。

「いや、バニー。残念ながら入るときは出窓から入ったんだ。ドアはペンキを塗ったばかりでね。それに街灯の下で表のドアの鍵を何とかするより、出窓の方が楽だった」

「でも、今持っている玄関の鍵は家に残っていたのかな？」

「いや、これはぼくが自分で作ったんだ。ロビンソン・クルーソーのまねをしたんだ。ではフライデー君、そのブーツを脱いでくれたら、この孤島を案内しよう」

階段は狭くて非常に急だった。そしてラッフルズが先に昇っていくと驚くほどきゅうきゅうと鳴った。手には大佐の帽章に突き刺したロウソクを持っていたが、踊り場に着く前にそれを吹き消した。そこから裏通りに向かって窓が開いていた。でも客間に入るドアのところで、またロウソクを灯した。覗《のぞ》きこむと一列の白い壁掛けと、金色の額に入れられた水彩画が見えた。二階に行く途中には素敵な浴室があった。

「今夜、ひと風呂浴びるとしよう」この汚い禁猟地における唯一の楽しみを見い出して、そう言った。

「そんなことをしてはいけない」ラッフルズがぴしゃりと言った。「この島にはわれわれに敵意を持った野蛮人が住んでいることを忘れてはいけない。まあ、浴槽を満たすのは静かにできるかもしれない。でも流す時は必ず音がする。だから、バニー、ぼくはそっとくみ上げて台所に少しずつ流しているのだ。風呂に入るときはまずぼくに相談してくれ。あ、ここが君の部屋だ。いま窓の鎧戸《よろいど》を下ろすから。まだロウソクを中に入れないようにね。ここは老主人の着替え部屋なのだ。よし、もうロウソクを持ち込んでいいよ。この衣装戸棚はすごいだろ？　彼はたいした衣装持ちだ。年寄りにしてはだが。上のブーツのコレクションね。それに真鍮《しんちゅう》のネクタイ掛けを見てごらん。変わり者だと言っただろう。これだけでも彼がわれわれを捕まえたがるのが分かるよ」

「その結果卒中でも起こしてくれるといいね」ぼくは震えながら、そう言った。

「それは、あまりあてにできない」ラッフルズは言った。「卒中は大柄な男がなりやすい。でもここにかかっている服は小さくて君もぼくも着られない。でもね、バニー。彼の寝室はすばらしい。君に使わせないのをひどいと思うなよ。でもそれはすごい！　この家中で寝室だけ、ぼくは気に入っているんだ」

ぼくは彼についてそのすばらしい部屋に入った。十分な窓があったが、いずれも厳重にカーテンが下ろされていた。彼はベッドサイドに下がっている灯りのスイッチを入れた。分厚い緑色のフランネルに反射した光線が卓上の書物を照らし出した。それはクリミア半島攻略に関する数冊の著書だった。

「ここに身を横たえて、頭脳を鍛えているのだ」とラッフルズが言った。「ぼくは長いことアレキサンダー・キングレークの旅行記は全部読みたいと思っていたんだ。今、毎晩一巻ずつ読んでいる。これは君にも勧めたいね、バニー。すべてを几帳面《きちょうめん》にやってのけるということをね。これはわが慎重なる大佐殿も同感だと思うよ。ああ、言い忘れたが、彼の名前はクラッチレー大佐だ」

「彼の武勇を試してみたいものだね」屋敷を見て回って元気の出たぼくは大声でそう言った。

「二階でそんな大声を出してはいけないよ」ラッフルズが小声でささやいた。「ここと外とはドア一つで――」

　ラッフルズはがばっと起き上がってぼくの隣に立った。どんどんという大きなノックの音が空き家に響き渡ったからだ。それは二人に恐怖を呼び起こし、ラッフルズは大急ぎで明かりを消した。ぼくは心臓が高鳴るのを覚えた。二人とも息を止めていた。われわれは足音を立てないように階段に向かい、鼠《ねずみ》のように踊り場に立った。そこでラッフルズがほうっと一息ついた。外の門が開閉する音がした。

「郵便配達人だったよ、バニー。郵便局には旅行を終えてから受け取るように、届けがされているはずだが、配達人は時折やってくるんだ。ぼくも動転したよ」

「動転！　まさにね」ぼくはあえいだ。「一杯飲みたい。それで死んだっていい」

「バニー、アルコールはぼくの休暇療法に含まれていない」

「ではおさらばだ。がまんできない。額に触ってごらん。心臓に触ってみてよ。クルーソーは足跡は見つけたが、玄関のドアが二度ノックされるのは聞いてないよ」

「残念ながらこの家にはお茶しかないんだ」

「それもどこで作るのかね？」ぼくは叫んだ。「だって、煙を出せないんだろう？」

「食堂にはガス台がある」

「そして、言わせてもらえば」とぼくは続けた。「地下には酒蔵が――」

「わが親愛なるバニー」ラッフルズは言った。「すでに君に言ったように、ぼくはここに仕事にきた訳じゃない。ぼくは癒《いや》されるためにきたのだ。ここの人に損害はかけない。洗濯代と電気代のほかはね。そして、その両方をカバーして余るだけのものは残していくつもりだ」

「ではだ、このブルータスはかくも忠実なる名誉の士であるからして」ぼくは言った。「酒蔵のひと瓶をちょっと拝借して、出る前に戻すというのは如何かな？」

ラッフルズは柔らかくぼくの背中を叩《たた》いた。ということは、まあ、それでいいという返事をもらったわけだ。ぼくはどうしても、というときだけ彼に逆らう必要があった。でも今回の勝利ほどありがたかったことはない。実際は地下の酒蔵とはいうものの、台所の階段を降りたところに戸棚があるだけで、ちゃちな鍵《かぎ》がかかっていた。酒類も決して多くはなかったが、ウイスキーの瓶があり、ワインはゼルティンガーがひと棚とボルドーの赤ワインがならんでいて、金色のコルクキャップをかぶせたボトルが何本か見えた。ラッフルズはさっそくラベルを調べ始めた。

「八四年もののマムだ」彼はささやいた。「G・H・マムが一八八四年に選んだシャンパンだ！　ぼくはシャンパン評論家ではないが、でもこれがどんなに価値のあるものかは分かる。まあ、ケースで買ってこれが一本残ったんだろう。人類の宝物をこんな男が蓄えているなんて許せない。おいで、バニー。この赤ん坊を大切にあやさなければならない。粗末にしたら心が張り裂ける」

こうして、最初の夜はすばらしい夜になった。しかも、二度と同じようには寝られないと思われるほどよく眠った。早朝、牛乳配達が道を歩いていき、やがて一時間後には郵便配達が歩いていった。いずれも、ここに悪魔が潜んでいるなどとは知らずにいるのだった。ぼくは朝早く起きて客間の鎧戸《よろいど》の隙間《すきま》から外を見ていたのだ。ラッフルズはまだ二階で寝ているようだった。一夜明けてみると、この家は結構清潔に見えた。彼がどの部屋にも空気を入れ替えているようだった。やがて台所からガスで湯を沸かす音が響いてきて、心を和ませた。

ここまでは、キャムデン・ヒルの家で過ごしたその週のことを筆に任せて書いており、それなりに楽しい読み物になっていると思うが、実際はそれほど楽しい生活とは言えなかった。ラッフルズと二人で面白いことがあっても、大笑いをすることすらためらわれた。そして半分の時間はお互いを見ることなくすごしていた。何のせいかは言わなくても分かるだろう。彼は極めて静かだった。彼は滑稽《こっけい》なくらい、また時としてむきになっていると思えるほど、この途方もない休暇療法に打ち込んでいたのである。暇さえあれば、昼と言わず夜と言わず、ランプの明かりを灯し、大好きな寝心地のよいベッドに横になって、キングレークを読み耽《ふけ》っていた。

ぼくは階下《した》の客間にいたが、日中は日が差し込み十分に明るかった。そこで犯罪学の厚い本を読み、恐ろしくなったり、震えたりしていた。時折無性に何かがしたくなり、ラッフルズをせき立てて通りの物音を聞いたり、あるときなどはペダルを踏んでピアノのキーを一つだけ叩《たた》き、ラッフルズが飛んできたこともあった。ラッフルズがぼくを無視しているのは、ときとしてがまんができなかった。ぼくはラッフルズが沈黙を保っているのは、スリルという快楽をがまんすることが賢いやり方だからだと、と考えていた。ぼくの悪い血を沸き立たせるような、秘密で危険な物語を故意に避けているのだと。確かに身の処し方に関しては、彼はぼくより数倍賢かった。隠れていることについてはぼくとても彼に見習ったが、ぼくが加わったことで危険が二倍になったことも確かだった。むろん、彼がぼくに同情してくれていたことも認めない訳にいかない。でも、時折反乱を企てたくなったことも確かである。

彼の髭《ひげ》は次第に伸びていたし、自宅から持ち込んだ服もよれよれになってきた。でも、そのお陰でラッフルズの変装が計らずも完璧《かんぺき》になっていったことは否定できない。それがまた、彼がぼくを放っておく理由でもあった。それがぼくとしてはがまんできなかったのだ。ある朝、すでに計画していたプランを実行することにした。クラッチレー大佐は既婚者だったが、家の中には子供の影がまったくなかった。でもその夫人はファッション好きのおしゃれな女であることも見て取れた。彼女の衣装室はドレスであふれていたし、彼女の部屋は身の回りのものを入れた箱で一杯だった。彼女は背の高い女性だと思われた。ぼくはそんなに背は高くない。そして、ラッフルズ同様ここにいる間はぼくも髭を剃《そ》らずにいた。でも、その朝は大佐の剃刀を借りてきれいに髭を剃り、夫人の箱を開いて好きな衣装を取り出したのだ。

ぼくの髪の毛は金髪で結構長く伸びていた。夫人の髪挟みを借り、ヘアネットを利用して女性の髪形を作ることに成功した。むろん夏服は夫人がスイスに持っていってしまったので、スケート用のスカートに羽のついた毛皮の上着、黒い帽子という出で立ちになった。残念ながらとても暑い九月で、お化粧をするのは大変だったが、ラッフルズが自室にこもったのを幸い、時間をかけてお化粧をした。目的は彼を驚かすことだったが、ぼくにも変装の才能があることを知って欲しかったのである。大佐の手袋を借りてそっとボタンを止めると、静かに書斎に向かった。昼間だというのに、電灯がついていた。その下にぼくの犯罪歴の中でもかつて経験したことのない、恐ろしい人物がいたのである。

痩《や》せた人はいるが、これはまた極端に針金のように痩せていた。中年を過ぎ、茶色の髪をして、顔は青林檎《あおりんご》のように血の気がなかった。もっとも残忍な表情を浮かべた、冷たい、抜け目のない人物がそこにいた。それはどう見ても、気短で刑務所を守るのが役目の、大佐その人にほかならなかった！　ラッフルズが手をつけることをしなかった机の引き出しから、お得意のピストルを取り出して、ぼくに向かって構えていた。その引き出しは開いていて、鍵穴《かぎあな》には多くの鍵のついた束が下がっていた。皺《しわ》の寄った羊皮紙のような顔には冷酷な笑いが浮かんでいた。片目は皺《しわ》に隠れて見えず、もう片方の目には片眼鏡があった。それはぼくを見たときに外れてぶら下がった。

「女乞食め！」この軍人は叫んだ。「男はどこだ？　この売女《ばいた》め」

ぼくはひと言も発することができなかった。でも恐怖と驚愕《きょうがく》のなかで、疑いもなくぼくはもっと幸せなときでもできないような、女そのものを演じていた。

「まったく、困った女だ」老退役軍人は言った。「おまえに弾丸を貫通させることはせんよ。おまえがすべてを白状するのならばだ。この厄介な物もしまう。それにしても家内の品物に手をつけるとは何と恥知らずな女だな」

言われた通りではあった。でも彼が自分の奥さんのものに手をつけたことを発見したにしては、敵意を増幅したようには見えなかった。それどころか、その視線の中には面白がっている部分が見て取れた。彼は紳士の如くピストルをポケットにしまった。

「まったくな。でも覗《のぞ》いてみてよかったよ」彼は続けて言った。「もしかしたら、ここに手紙が届いていないかと思って見にきたのだ。もしきていなければまだ一週間はここにいたんだろう。乞食め、家に入ってまずおまえの書いたメモを見たぞ。まあいいから、相棒の男がどこにいるかを言えよ」

男なんていない。一人なのだ。一人で入り込んだのだ。この家にはわたし以外の誰もいないのだ。すごいしゃがれ声でそう言ったのだが、老人は首を振るばかりで、信じようとはしなかった。

「まあ、仲間を売りたくない気持ちは分かるさ」彼は言った。「でもそんなことは信じられない。おまえの言うことを信じろと言っても無理だ。まあ、言いたくないのなら、言わなくてもいい。警官を迎えにやればすむことだ」

瞬間、ぼくは彼の考えていることが分かった。台座には電話帳が開かれていた。二階で物音がするのを聞きつけて、電話番号を調べていたのだ。彼はもう一度それを見ようとした。その隙《すき》に、隅に乗っている電話器にぶつかった。ぼく自身もそのはずみで隅に飛んでいった。幸いに電話器はデリケートな機械だったから吹っ飛ばした瞬間に壊れて、少なくともその日は使えない状態になった。

ぼくの行為の意味を考えながら、彼は電灯の光でぼくをしげしげと見た。それからポケットに手を入れてピストルを探った。ぼくは自衛のために、ラッフルズと二人で飲んでしまったシャンペンの空ビンを握った。

「おまえが男なのだな。撃たれる覚悟をしろ」大佐は叫んだ。そしてピストルを持った手をぼくの顔の前で振り回した。「おまえは羊の皮をまとった若い狼《おおかみ》なのだ。わしのシャンペンも飲みやがって。瓶を下ろせ。今すぐそうしないとからだに穴が開くぞ。そうだと思った、乞食め。償いをする価値があるんだ。もうどんな言い訳も許さない。わしの最後の八四年物のシャンペンを――。汚い泥棒め、けだもの！」

ぼくは追い詰められて彼の椅子《いす》に腰を下ろすと、彼は上から覆いかぶさってきた。一方の手にピストルを持ち、もう一方にぼくから奪ったシャンペンの瓶を持っていた。まっ赤な顔は怒りで震えていた。何をしゃべっていたかはとても再現できない。痩《や》せたのどは叫ぶ度にふくれ上がり、震えた。ぼくが彼の妻の服を着ているのを見たときはまだ笑っていた。でも大切にしていた最後のシャンペンを飲まれてしまった怒りは大きかった。目は飛び出し、眼鏡の必要もなかった。それは大きくぼくを見据えていた。ぼくもそれを見返していた。それにしても、どうしてこんなことになったのか分からなかった。ひたすらに相手を見据えていると、この不幸な軍人の背後にラッフルズの姿が見えた。

われわれのやり取りが頂点に達していたとき、ラッフルズが音もなく入り込んできていたのだ。そして、じっと機会を狙《ねら》っていたのである。ぼくが大佐をじっと見つめているうちに、ラッフルズの手がいきなり大佐のピストルを持った手を摑《つか》んで、後ろ手にねじり上げた。大佐の目がまさに飛び出さんばかりになったのが見えた。むろん、大佐も戦う気力は十分で、もう一方の瓶を持った手で後ろに殴りかかった。それはラッフルズのすねに当たって砕けた。次の瞬間、ぼくが飛びついた。そして、二人して大佐を椅子に縛り上げた。でも完全な勝利とはいえない。ラッフルズは割れたビンのガラスで骨の近くに達する切り傷を負い、出血で足を引きずる結果になった。老人は血を滴らせて歩く姿を満足げに眺めていた。

彼はぼくがかつて見たどの人間よりもきちんと縛られ、口には猿轡《さるぐつわ》をはめられていた。ラッフルズは出血のショックも手伝って、容赦しなくなっていた。テーブルクロスを裂いて目隠しを作り、客間のソファーのカバーを切って二重三重に手足を縛りつけた。老兵の脚は椅子の脚に固定され、腕は椅子のひじかけに固定された。お腹も腿《もも》もそれぞれ椅子の革の部分に固定され、身動きがまったくできなくなった。頭には定規を当てて、それに髭《ひげ》と頬《ほほ》を縛りつけた。最後にソファーのカバーをからだ全体に被せてしまった。ぼくはとても正視に耐えられなかったが、ラッフルズはぼくのそんな弱気を笑いとばした。

このときのラッフルズは、ぼくの見た最悪のラッフルズだった。彼は傷の苦痛のために怒りでかっかしていた。その態度は他の犯罪者と変わらなかった。ただ、彼は殴ったり叩《たた》いたりという暴力は振るわなかっただけだ。彼はまったく口を利かなかった。耐え難い苦痛に関しても何も言わなかった。むろん、彼はここでは悪人であり、被害者が善人であったことは確かだ。予想し難い展開が起こったにしても、あの冷静なラッフルズをここまでさせた心の動きを推測することは難しい。でも彼の蛮行はここまでだった。浴室で傷口を洗い、応急手当をしたが、その傷はかなり深かった。

「これは一カ月はかかると思うよ」彼は言った。「もしあのヴィクトリア勲章男が生きて発見されれば、まあ、おあいこだろう」

あの老兵を呼ぶのに勲章の名前を冠せたのはさすがだが、生きて発見されることを疑っているのだろうか？

「もちろん、生きて発見されるさ」ぼくは言った。「その前提で行動しないとね――」

「彼は妻や使用人の帰宅のことを言っていたかい？　もし、すぐなら早く退去しないと――」

「いや、ラッフルズ。彼は誰も帰ってくるとは言っていないよ。もし郵便を見にこなければ、われわれはまだ一週間はいただろう、と言っていたからね。最悪でもそうだよ」

ラッフルズはソファーのカバーを切ってゲートルみたいに足に巻いた。そこから血が漏れてこないのを見て口をほころばせた。

「彼の生死についていうと、ぼくは反対だよ、バニー」と彼は言った。「もし、どうなるのが最善か、と言えばね」

「つまり、死んで貰ったほうがいいと？」

「当然だろう」そう言ったラッフルズは澄んだ青い目を輝かせたが、それは血を凍らせるような冷たい光だった。

「それはわれわれの自由と、彼の命のどちらを取るかの問題だ。君にも君の判断があるだろうし、ぼくにもぼくの判断があるさ。ぼくは彼を縛る前にその判断に従った」とラッフルズは言った。「君がもしここに残って、彼を死ぬ前に解放してあげるとすれば、こんなに念入りに縛らなくてもよかった。まあ、これからぼくが洗濯をして乾かすまでの間にどうするか考えてくれればいい。乾くまでには少なくとも一時間以上かかる。ぼくはその間に最後のキングレークを読み終えるから」

彼が出発の準備をすませるずっと前から、ぼくは服を着て玄関ホールで待っていた。そのとき、どんな心境だったかは覚えていない。でも台所の調理台の前にいるラッフルズをちらちら見ていた。彼は声さえかければ、もう出かける用意はできていた。手には赤い本を持ち、左脚からは湯気が立ち上っていた。ぼくは書斎には行かなかったが、ラッフルズは行ってきちんと本をもとの位置に戻していた。こうして、この家にいた人間の痕跡《こんせき》を消し去ろうとしていた。最後に書斎に行ったとき、彼ははたきをふるってほこりを取り去っていた。そのましばらくそこにいて、彼は出てきたが、まるで自分の持ち家から外出するようだった。

「見つかるぜ!」ぼくは彼の後ろから警告した。「ラッフルズ! ラッフルズ! あそこの角に警官がいるよ」

「ぼくは彼をよく知っているんだ」ラッフルズは答えた。そして、向こうを振り向いた。

「月曜日に彼が近づいてきたので、ぼくは昔大佐の連隊にいた兵隊だと説明したのだ。だから何日かに一回やってきて、家に風を入れ、郵便を確かめるのだ、とね。

ぼくは常に一、二通の手紙を持っていて、それはスイスの住所に転送するようになっていたから、彼にそれを見せて納得してもらった。だから、それ以後は郵便の音にびくびくする必要はなくなったのさ」

ぼくは黙っていた。彼はこのようなことを一度も説明してくれなかったので、大いに腹が立っていたのだ。しかも、外に出たらぼくと離れたがっていることも分かっていた。外ではぼくを信頼していないのだ。それでいて、歩くのが心もとないと言っていた。彼はわざとらしくぼくの女装を褒めたが、ぼくは黙っていた。

「君はぼくと一緒にこなくてもいいんじゃないか?」彼はそう聞いた。ノッティンガム・ヒルに向かっているときだ。

「沈むも泳ぐも一緒、と思ってね」ぼくは不機嫌にそう答えた。

「そうか? ぼくはまず田舎に向かって泳ぐつもりだがね。でも途中で髭《ひげ》を剃《そ》りたい。それからちょっとした買い物をしたい。クリケット・バッグとかね。それからクリケットでボウラーをつとめたとき、昔から脚の使いすぎでよろよろ歩いたのと同じ歩き方で、古巣のオーバニー・アパートに戻りたい。ぼくが田舎のカントリー・ハウスのクリケットを変名で先月やっていたことを、言う必要もないかな? カントリー・ハウスではむしろ変名のほうがいいんだ、というのがぼくの持論でね。したがって君は別にくる必要がないんだ」

「でも一緒に泳ぎたいのだ」ぼくはうなった。

「それは分かったがね」ラッフルズは答えた。「一緒にいるのはどうかな、と思い始めたのだ」

この後の田舎への旅行については、筆をはぶくことにしよう。ラッフルズが旅行の途中でちょっとばかりぼくを騙したりしたからでなく、ロンドンにおける最後の事件の方が、ぼくの心にずっと大きな影響をもたらしたからである。ぼくの心の中からは、あの勇敢なる兵士が椅子《いす》に縛りつけられている姿が離れなかった。昼といわず夜といわず、ぼくは彼のことを思った。あの気の強そうな眼がぼくの目の中から出て行かない。カバーの下の姿も脳裏を離れなかった。そのイメージはぼくの生活を暗くし、眠れなくさせた。ぼくは苦痛に耐える犠牲者になり変わっていた。ラッフルズが絞首台の恐ろしさを話してくれたときだけ、一時的にそれを忘れた。ぼくは死に対して、そう簡単に考えることができなかった。しかも常に罪の意識が伴っていた。二日目の夜、ぼくはこれが限界だと思った。翌朝ならまだ生きて助かることができるのだ。その朝ぼくはラッフルズに決心を打ち明けた。

われわれが泊まっていたホテルの部屋は、新郎の荷物もかくや、というほど新しい衣服で散らかっていた。鍵《かぎ》のかかったクリケット・バッグを抱えてみるとなぜかひどく重い。ラッフルズは赤子のようにベッドで眠っていた。顔の髭はきれいに剃られていた。

彼をゆさぶると、にっこり笑って目をさました。

「いよいよ自首して出ようというのかね、バニー。でも待てよ。こんな朝早く起こされると、地方の警官は喜ばないかもしれないよ。昨日遅版の新聞を買ってきたから見てごらん。そこの床に落ちているやつだ。最新ニュース欄に出ているはずだ」


〈ウエストエンドの激昂《げっこう》〉

クラッチレー大佐はキャムデン・ヒル、ピーター・ストリートの自宅で、卑劣漢の犠牲者となり激昂している。家族ともども海外旅行中で空き家となっていた自宅に、予定せずに戻った大佐は二人の悪漢が家を占領しているのを発見。争った結果悪漢は大佐の自由を奪って逃走した。ケンジントン警察の捜査で発見されたとき、大佐は手足を縛られ、疲労が相当進んでいたと言われる。


「ケンジントン警察のお陰だな」

大声でぼくが記事を読み終えたのを聞いて、ラッフルズが言った。

「でも警察は、ぼくの手紙を受け取ってすぐには行かなかったんだ」

「君の手紙？」

「ユーストン駅で汽車を待っている間にね、一行だけの、大文字だけで書いた手紙を警察宛《あて》に出しておいた。彼等はその夜には受け取ったはずだが、昨日の朝になるまであまり注意を払わなかったんだ。でも彼等が行動に移した以上、それ以降は彼等の問題にすり替わった。君はもう何もしなくていい、そうだろう、バニー？」

ぼくは枕の上のカールした髪の毛を見た。その下にあるハンサムな顔が微笑《ほほえ》んでいた。そしてその瞬間、ぼくはすべてを理解した。

「君はいつでも本音を言うとは限らないんだね」

「いずれ死ぬといったことか？　君はぼくのことを分かっていると思っていたがね。でも彼に数時間の強制的な休暇療法を取らせるつもりはあった」

「ぼくに全部を言ってはくれないんだ、ラッフルズ！」

「それはそうかも知れない。でも君もぼくのことはもっと信頼してくれないと――」

第四話　犯罪学者クラブ——The Criminologists' Club

「それにしても、あの人達は何なのかな？　ラッフルズ。どこに住んでいるんだ？　ウイッテーカーの紳士録にも載っていないし——」

「犯罪学者というのはね、バニー。あまりにも数が少ないのだよ。資格を厳選するので紳士録にも入らない。彼等は単に現代の犯罪を研究する真面目な学徒なのだ。それぞれの家やクラブで会合したり食事したりしている」

「でも何でわれわれに食事の誘いがきたのかな？」

ぼくは送られてきた招待状を持ってオーバニーに駆けつけたところだった。それはソーナビー伯爵からのもので、パークレーンのソーナビー家で行なわれる、犯罪学クラブ・メンバーの夕食会への招待状だった。ラッフルズも招待されていて、これはいささか問題がありそうな名誉と言えた。

「彼等は犯罪の中に〝芸術性〟や〝名誉〟があるかどうかに興味を持っている」と彼は言った。「勝ち負けにこだわる近代スポーツとは遠い、古代ローマで動物と競技場で格闘とした戦士であるグラディエーターのような要素を、犯罪の中に見つけようとしている。彼等は勇気と知恵と冒険心を持ったグラディエーターに目がないのだ。そして、ぼくの経験が彼等の理論に適合するかどうかが知りたいのだ」

「よく言うよ」

「彼等はよく集団犯罪というか、共同正犯を取り上げるんだ。自殺もテーマになっている。まあ、ぼくのテーマにも共通している」

「そうかもしれないが、ぼくは関係ないなあ」ぼくは言った。「いや、もしかするとわれわれ二人に関心があるのかもしれないよ。二人を顕微鏡で調べようと――ね。でなければ、ぼくにお呼びがかかる訳がない」

ラッフルズは心配そうなぼくを笑った。「ぼくはむしろ、君の言うことが正しければいいな、と思うよ、バニー。ありのままで現われた方がいいからね。でも、実は君の名前を彼等に推薦したのはぼくだった、と言えば安心するかな？　君はぼく以上に鋭い犯罪学のセンスを持っていると言ったのだ。彼等がその忠告を受け入れてくれて嬉《うれ》しいよ。まあ、恐ろしい連中の会合で会うことにしよう」

「もし、ぼくが承知すればだね」ぼくは彼の独断に腹を立ててそう言った。

「もし君が出席を断われば」ラッフルズが警告した。

「われわれはめったにない機会を逸することになる。考えてもごらんよ、バニー。この連中は最近の犯罪をとくと調べているんだ。われわれは彼等以上には知らないふりをして、その討論に加わることができる。事実、知らないこともあるだろう。犯罪学者の中には殺人者以上の心を持つ者もいる。こうした討論は結果としてわれわれのレベルを向上させるのに役立つと思うよ。あの人達は病的な心を盗賊の芸術にすり替えて楽しんでいる。だから、われわれの高貴な行ないに対する彼等の意見を引き出すことができるだろう。ここで、批評家の目に映ったわれわれのレベルがどんなものか知る、というのも面白い。これは絶好のとは言わないまでも、相当辛口の体験だよ。それに、もしわれわれが危険に巻き込まれていたら、そのことが分かるし、用心もできる。何よりも非常に美味しいディナーが食べられるのが嬉《うれ》しい。われわれの招待主はヨーロッパでも有名な食通だからね」

「彼を知っているんだね?」

「ぼくの試合を見にきてくれるクリケットのお客様だ。観客席で知りあった——」ラッフルズは笑いながら言った。「まあ、ぼくの方は彼のことをよく知っている。一年だがクリケット協会の会長でもあった。名会長だったね。彼自身がクリケットをなさった訳ではないと思うのだが、でもクリケットをよく理解しておられた。のみならず博学だ。ずっと独身で、貴族院議員だがまったく発言しない。でも議員仲間ではあれほどの頭脳はないという評判だ。オーストラリアとの交流試合のあとでスピーチをされたが、それはすばらしかった。あらゆる書物を読破していて、最近では珍しいことだが、自分では一行も書かない御仁なのだ。すべてを理論に組み立てる人だが、実行はしない。でも、もし犯罪をやらせたらすごいと思うよ」

ぼくはこれを聞いてぜひ会ってみたいと思い始めていた。その写真すらも新聞雑誌に載ったことがない、というよりも載せるのを許さない、と聞いてなおさら会いたくなった。ラッフルズにぼくをソーナビー伯爵の夕食会に連れていってくれと頼んだ。彼はぼくがためらったことも忘れたように頷いてくれた。彼はこうなることを前から考えていたことは確かだ。伯爵の紹介にしても、ちゃんと準備されていたのだろう。もちろん、ラッフルズの実際の話しぶりは、この本で読まれるほど流暢《りゅうちょう》ではない。彼は絶え間なくタバコを吸っているので、その度に途切れるのである。おまけに、部屋の中を行ったり来たりしながら話すので、文章にたくさん句読点が出てくる。あまり深い考えなしにしゃべることも多く、そんな時の発言は文章にならないこともあった。でもそれは主として知り合ったばかりのころのことで、最近は段々とよくなってきているのも確かである。

このころはよくラッフルズに会った。ぼくが彼の家に行くよりも、彼がぼくのところにきてくれることが多かったのだ。もっとも、彼が現われる時間は極めて不規則で、着替えて食事に出ようとしているときにきたこともあったし、帰宅したら部屋に入って待っていたことも多かった。ぼくのアパートの鍵《かぎ》は大分以前にラッフルズに渡してあったのだ。あまりよい季節とは言い難い二月に、部屋にこもって、あることないこと議論をしたのを思い出す。そのころ、あまり話題にする冒険はしていなかった。ラッフルズの方はせっせと社交界のつき合いをしていたし、ぼくにはもっとクラブに顔を出すよう勧めてもいた。

「この季節は難しい時季だ」と彼は言った。「夏ならばクリケットをしているから、いつも人目についている。朝から晩まで見られていると言ってもいい。だから、それ以外のちょっとした時間に何かをしていても、疑われないのだ」

今回のわれわれの行動は、非難されるようなものではなかったので、犯罪学者達を招いたソーナビー伯爵の晩餐会《ばんさんかい》の開かれる日の朝も、平常通り目を覚ました。ぼくの最大の関心事はわが俊英なる友人の盾に守られていたい、ということで、途中ぼくを拾ってくれるよう頼んであった。でも約束の時間の五分前になってもラッフルズの姿はなかったし、タクシー馬車も見えなかった。八時のディナーで十五分前には着く予定だったので、結局ぼくは一人で駆けつけることになった。

幸いなことに、ソーナビー伯爵の屋敷はわが家の前の通りの端にあり、大きな中庭が作られていた。ぼくがノックしようとした瞬間に二輪馬車が停まった。ラッフルズがぎりぎりに駆けつけてきたかと思ったがそうではなかった。遅れついでにもう一分待っていると、同様に遅れてきた二人の客が、タクシー馬車に代金を払いながら話しているのが聞こえた。

「ソーナビーはフレディー・ヴィアカーと賭《か》けをしたんだそうだ。誰がこないかをね。むろん、結果はまもなく分かるがね、クリケット選手として招かれた人物がこないことを賭けたようだよ」

「彼はクリケットの選手として招かれたのではないと思うがね」

ぶっきらぼうな物言いをする人物が、もの柔らかな方にそう言った。

「それは問題外だよ。まあ、そうでないことを祈るよ」

「いや、これはそれだけの問題じゃないんだ。じきに分かるよ」

そして、ドアが開き二人は邸宅に吸い込まれていった。

ぼくはがっくりきて、宙を殴る仕草をした。ラッフルズは彼の言う恐ろしい会合に、クリケット選手としてでなく、犯罪者として招かれていたのだ。ラッフルズは間違っていて、ぼくの最初の懸念が当たっていたのだ。それにしても、ラッフルズの姿は見えない。警告しようにもラッフルズはいないのだ、ラッフルズの奴！　と思ったとき時計が八時を鳴らした。

このような時の音は思考や感覚を奪うものだ。こうした心理状態になることは避けなければならない。そして落ち着いて、とりあえずここはぼくの役割を果たすべきだろう？　とは考えたものの、ぼくはかつて経験したことのないほど高揚した気分でいた。だから、このときのことは今も驚くほど明瞭に覚えているのだ。ぼくは門の二重ドアをがんがんノックした。その途中でドアは優雅に、そして厳粛な儀式のように開いた。

両側には絹のようにすべすべした脚の召使が立っていた。階段のところでは聖職者のような執事がうやうやしく挨拶《あいさつ》をした。書物のならぶ図書室に入り、暖炉の前のペルシャ絨毯《じゅうたん》の上に数人の客が立っているのを見たときには、ほっと一息つく感じだった。そのうちの一人はラッフルズで、半獣神のような眉《まゆ》、くたびれたブルドッグのような目と下あごをした大柄の人物と話していた。これがこの家の高貴な主人であった。

ソーナビー伯爵はぼくと握手をしながら、感情を感じさせせぬ、計り知れぬ目でじっとぼくを見た。そしてただちに、アーネストという背の高い、あまり風采《ふうさい》のあがらない男に引き渡した。アーネストという名は分かったが、姓は判らなかった。アーネストは恥ずかしげに、ややぎごちなくぼくを残る二人の客に紹介した。彼等は先ほど馬車で到着した二人で、一人が議員で弁護士のキングスミル、もう一人がよく写真を見かける小説家のパリントンだった。二人は見事なほどお互いを引き立てていた。弁護士は小太りできびきびしており、ナポレオンを思わせる顔つきをしていた。小説家はきちんと夜の服装はしていたが、何となく毛むくじゃらの犬を思わせた。二人ともぼくにはあまり関心がないようだったが、言葉を交している間もラッフルズの方を観察していたのだ。やがて、『夕食を開始いたします』という執事のおごそかな宣言があり、六人はほの暗い立派な食堂の、すばらしいテーブルに案内された。

ぼくは今夜の会合がこのように小人数のものとは思っていなかったので、最初戸惑ったのだが、ほっとする部分もあった。たとえ最悪の事態になったとしても、せいぜい一対二じゃないか、と思っていた。でもそれはぼくの早計で、大事なことは数ではない、という格言を思い出した。かくも小人数だと秘密を隠して会話を続けるのは難しく、必死にならざるを得なかったのだ。一般論と思われた会話はいつしか攻撃に形を変え、たくみに要点を突いてきた。ラッフルズはこれが攻撃だと分かっていたのだろうか、と思った。この日に至るまで、ぼくがこのクラブのメンバー達からこのように疑われていたことは知らなかった。彼等の関心はもっと大きなゲームに向かっていた。

食前酒のシェリーが注がれたときに、ソーナビー伯爵が最初に攻撃の口火を切った。伯爵の右側にラッフルズが座り、小説家のパリントンが左側に座っていた。ラッフルズの右側には弁護士が座っていた。ぼくの席は、この家の家臣を思わせるアーネストと小説家の間だった。そして、御前がぎょろ目を輝かして話しかけたのは、主としてわれわれに対してだった。

「ラッフルズ氏が」と御前が言った。「この三月にもっとも苛酷《かこく》な処刑を受けたあわれな男のことを、私に話してくれましたが、すごい結末だ。諸君、これは大変な最期だ。彼は不幸なことにのどの血管を切られたことは確かだが、伝統を誇るギロチンの手法で最期を飾ったことになる。ラッフルズさん、みなさんにもご披露願えますかな?」

「ぼくがトレント・ブリッジで仕事をしたときに聞いた話ですな。これは新聞が書かなかったと思う」ラッフルズは重々しく言った。「クリケットのオーストラリアとの交流試合がものすごい興奮に包まれたのをご記憶だと思いますが、あの試合のあった日が、あの罪人にとってこの世の終わりの日になったのです。彼は試合の結果を知るまで安心できなかったのです。ご記憶であれば、われわれは試合に勝ち、彼はそれを無上の幸せだと言ったのです」

「彼が言ったのはそれだけではなかった。それを披露してください!」ソーナビー伯爵は太い手をこすりあわせながら言った。

「処刑の際にクリケットの試合に興奮するなんて、と牧師に諫《いさ》められたのですが、あの罪人は『絞首台に乗って初めて自分の感想を聞いたのではないかね』と答えたと言われます」

ぼくにとってもそんな話は初耳だった。でもそのような話を面白がっている余裕はなかった。この会のメンバーがこの話にどのような反応を起こすかが心配だった。左側のアーネストは数分間大笑いと忍び笑いを繰り返し、頭をゆすった。右側の小説家はより感情的に見えた。最初は不快感を表し、やがて興奮して鉛筆でカフスを突つき始めた。一方キングスミル弁護士はラッフルズを静かに見つめ、まったく無関心に見えたが、やがてこう言った。

「それを聞いてよかった」彼は高い穏やかな声で言った。「わしはあの男が試合のせいで死んだと思っていた」

「君はあの男について何か知っているのか？」ソーナビー伯爵が聞いた。

「私は巡回裁判をやっていたからな」高級弁護士は目を輝かせて言った。「まあ、あの憐《あわ》れな男の首の寸法まで計ったということだ」

これはまったく予想しないことだった。それなりの効果を与えずにはいられかった。ソーナビー伯爵はちらりと視線を向けた。しばらくして、アーネストが笑い、パリントンが鉛筆を持ち出したのだ。ぼくはここで少しばかり白ワインを飲んだ。発泡性のあるヨハネスバーグだった。ラッフルズはといえば、怖くなるほど無防備な顔をしていた。

「聞いた話では、まったく同情の余地はないケースだと？」沈黙を破った発言だった。

「まったく、その余地はない」

「そうだとまあ、気も楽になりますな」ラッフルズは何ら感情を込めずにそう言った。

「わしもそうだと思う」小説家はそう言ったが、弁護士はただ笑いを浮かべただけだった。

「むしろ、ペックハムとソロモンズを先日絞首刑するのに手を貸したことの方が悪かったと思える」小説家はさらに言った。

「なぜペックハムとソロモンズなのかね?」殿下がそう尋ねた。

「彼等は本当はあの老夫人を殺すつもりはなかったんですよ」

「でも彼等は彼女のベッドの中で、彼女の枕《まくら》カバーを使って締め殺したんだよ」

「それはどうでもいい」と粗野な物書きが言った。「彼等はそれをやる目的で侵入したのではなかった。彼女の首を絞めるなんて考えてもいなかったのだ。ばかな老女が大声を出したからそうなったんで、きつく絞めすぎたのだ。まあ不幸な事件と言いたいね」

「おとなしい、無害な、躾《しつけ》のよい盗賊だな」ソーナビー伯爵が言った。「ささやかな稼業の途中で、多少行きすぎがあったと——」

そう言って微笑《ほほえ》みながらラッフルズに向き直ったとき、準備が終わっていよいよ本番が始まるのだと思った。タイミングよくシャンペンが運ばれてきた。ぼくはそれが嬉《うれ》しくて一時《いっとき》の間、恐怖を忘れた。ラッフルズは伯爵のユーモアにすばやく笑って答えていた。自然な慎み深さで、本来ぼくの役割だったものを演じていた。まねのできない巧みさで、無邪気で無害な人間になりきっていたのである。ラッフルズの中にいる詩人としての芸術家の魂のなせる業といえるかもしれなかった。この富豪の食卓でぼくが楽しめた束の間の幸せな時間だった。次に運ばれた羊の肉もまたすばらしいものだった。そして続くキジの手羽がまたよかった。この調子だとデザートが楽しみだ――と思い始めたとき、小説家の発言がぼくを現実に引き戻した。

「でも君も職業がら」とキングスミルに向かって言った。「多くの盗賊を無罪にして、友人や親類のもとに戻してやったんだろうね」

「盗みの嫌疑をかけられた憐《あわ》れな人々を、と言って欲しいね」陽気な弁護士はそう答えた。「二つの言い方には違いがある。それに多くの、というのも必ずしも正確ではない。第一、ロンドンで私は刑事事件は扱っておらん」

「わしは刑事事件にしか興味がないな」小説家はゼリーをスプーンですくい上げながら言った。

「わしも同感だ」この家の主人が割り込んできた。「そして、あまたある犯罪者の中で弁護する価値のあるケースを選ぶとすれば、冒険心のある盗賊ということになるな」

「それは犯罪の中でも一番高貴とも呼べるケースです」

ぼくが息を詰めていると、ラッフルズがそう答えた。

ラッフルズの口調は極めて軽やかだった。彼の気をてらわない自然な態度は、それが彼一流のやり方だとしても成功していた。ラッフルズは常に危険に対して生き生きとしていた。

ぼくは彼がシャンペンのお代わりを断わるのを見た。ぼくが再びグラスを飲み干したのにもかかわらず。でもわれわれに向けられた危険は同じものではなかった。ラッフルズにとってみると、犯罪学に関連した会話に対しては、驚くことも警戒することもなかった。語られる疑念を偶然知っているだけでぼくには脅威に感じられるのだが、ラッフルズはそれらを避けられないものと考えているようだった。彼に敵対する人々の懸念がかなり強いものであっても、彼が防衛にまわることはなかった。

「死刑判決を出したサイクスのことは好きでないな」弁護士がそう言った。

「確かに彼は時代遅れだ」伯爵が会話に加わった。「ウィリアムスの時代以来、剃刀《かみそり》によって多くの血がながされている」

「その通りだ。それ以前は平和だったのだ」とパリントンが言った。そして、罪人の処刑の方法に関して詳しく話し、ぼくはこの調子で話が続くことを望んだ。しかし、そこでまたソーナビー伯爵が口を挟んだ。

「まあウィリアムスやチャールスはもう過去の君主だ」と彼は言った。「今や泥棒王国の王は、ボンド・ストリートのダンビーの店に忍び込んだ奴だろう」(第一巻、第一話参照)

この発言に何か魂胆があると思われる三人は沈黙した。アーネストはその中に含まれていないと思われた。でも伯爵のこの発言はぼくの血を凍らせた。

「ぼくは奴をよく知っていますよ」頭を上げてラッフルズが言った。

ソーナビー伯爵は驚いたように彼をじっと見つめた。この夜初めてナポレオンに似た弁護士の微笑《ほほえ》みが、無理に作られ、凍りついたようにも見えた。驚いた小説家の先生は、ナイフについたチーズを取ろうとして指を切り、その指で触った髭《ひげ》に血のしずくをつけてしまった。何も知らぬアーネストだけが相変わらず忍び笑いを浮かべていた。

「何だって！」御前が叫んでいた。「君があの泥棒を知っていると？」

「いや、知っているというのは――」ラッフルズが笑いながら言った。「ソーナビー伯爵、ぼくは宝石商のダンビーを知っていると申し上げたかったのです。結婚式の贈り物を買うときは、よく彼のところに行くものですから――」

深いため息が洩れるのが聞こえた。ぼくもほっとため息を洩らしたのだが――。

「ちょっとした偶然だな」御前は無表情に言った。「その何カ月かあとでメルローズ夫人がネックレスを盗まれた事件（第一巻、第三話参照）があったが、君はそれが起こったミルチェスターの人々もよく知っているね」

「その時、あそこに泊まっていましたからね」ラッフルズはごく当たり前という顔をして、微笑みを浮かべながらそう言った。

「あれも同一犯人の仕業だとわれわれは信じている」ソーナビー伯爵が軽い口調で言った。明らかにこれは犯罪学者クラブ会員を代表する発言だと思われた。

「ぼくも奴には会いたいと思っているんです」ラッフルズが機嫌よく続けた。「奴は先ほどの話題に出たように、絞首台で何かを誓ったり、獄中でクリケットを話題にしたりする殺人犯よりもずっと共感できる人物だと思いますね」

「もしかすると、奴はいまこの家にいるのではないかね？」ソーナビー伯爵はラッフルズの顔を見ながら言った。しかし、その態度は納得できない役柄を与えられ、それでも最後までやらざるを得ない俳優に似ていた。事実、その表情は苦々しかった。金持ちが賭《か》けに負けるときのそれだった。

「もしいるとしたら、何たる冗談！」小説家は野卑な声を上げた。

「凶兆なかるべし！」ラッフルズはつぶやいた。

「これはなかなか面白くなってきたな」キングスミル弁護士が言い出した。「その天才犯罪者がだ、犯罪学者クラブの会長の家を、こともあろうに犯罪学者クラブの会合をしている夜に訪問しているとすれば、その性格はまさに研究に値する」

その言い方は、御前よりももっと確信に満ちていた。この確信はいつも法廷でさまざまな虚偽を相手に訓練されたことからきていると思った。ソーナビー伯爵はしかし自分のアイディアに必ずしも満足しているようではなかった。多少荒々しく執事を呼ぶとテーブルを片づけさせたのである。「レゲット！　誰かを二階にやってドアが全部開いているか、部屋の準備ができているか見させなさい。キングスミル、君の考えか、わしのか分からんが、どうもよくない予感がする」

努力して丁寧さを取り戻しながら、御前が言った。「われわれは愚か者を見つけなければならない。われわれの誰が愚かかは分からないが。誰かが他の会員を誘惑して本道を外れ、盗賊の裏道に迷い込ませたのだ。ところで、ド・クインシーの傑作『芸術としての殺人』をご存じかな？　ラッフルズさん」

「たぶん、読んだ記憶があります」ラッフルズがあまり自信なげに答えた。

「もう一度読み給え」御前が言った。「この問題に関する至言だと思う。われわれが強いてつけ加えるとしても、せいぜい有害な描写、血に彩られた脚注にすぎん。まあ、それがド・クインシーの本文にとって無価値とは言わんが。おお、レゲット！」

立派な執事はぜいぜいと肩で息をつきながら立っていた。そのときまで、彼が喘息《ぜんそく》持ちだとは気がつかなかった。「旦那様《だんなさま》、まことに申し訳ないのですが、旦那様はお忘れになったのではございませんか？」

声はかすれていた。でもこの一見失礼な言い方も、彼が言うと礼を失しているようには見えなかった。

「忘れた？　レゲットよ。わしが何を忘れたというのだ？」

「ご自分でドアの鍵《かぎ》を全部おかけになったのを、お忘れではございませんか？　旦那様《だんなさま》！」レゲットはかわいそうに、息を切らし、どもりながら切れ切れに言った。「私自身が参りましたが、寝室も化粧室も内側から鍵がかかって入れませんです」

次の瞬間、御前は執事以上に悪い状態になった。彼の美しい額には青筋が立ち、ただでさえ大きな下あごは風船のように膨らんでいた。大急ぎで立って鍵のかかったドアに向かった主人は、今に倒れるか、部屋を離れて主人役を放棄する寸前と思われた。われわれも客であることを忘れて主人役のそばに駆け寄った。

ラッフルズは誰よりも興奮し、誰よりも早く駆け寄った一人だ。小太りの弁護士とぼくがそのあとに続き、執事と召使が最後だった。でも、手助けを申し出て皆に忠告したのは小説家だった。

「伯爵、そんなにドアを押しても無駄だよ」彼は叫んだ。「もし、くさびとねじ錐《きり》を使っているとしたら、ドアを壊す以外にはないよ。力ずくではむりだ。はしごはないのかい？」

「火事のときの縄ばしごがどこかにあったはずだ」御前は頼りなげに言った。そしてわれわれを見回したのである。「レゲット、縄ばしごはどこだったかな？」

「ウィリアムを取りにやりますです、旦那様」

二人の召使が飛んでいくのが見えた。

「ここに持ってきてもだめだよ」興奮したせいで、ひどく乱暴な態度になっているパリントンが言った。「三階の窓の外にかけさせるんだ、あとはわしが登っていって縄ばしごで二階の窓から入り、このドアを内側から開けてやろうじゃないか」

閉じられたままのドアは階段の踊り場にあり、一同はそこに集まっていた。ソーナビー伯爵はわれわれを見渡して憂鬱《ゆううつ》そうに笑った。そして、小説家のことを縄から離れた犬であるかのように眺め、でも彼が言ったことには同意した。

「わが友人パリントンを見直すことになりますな」と御前は言った。「少なくも、これに関してはわしらより向いている」

「やはり、餅《もち》は餅屋といいますから」ラッフルズも助け舟を出した。

「その通りだ。彼の次の本が楽しみだな」

「まず、中央刑事裁判所《オールド・ベイリー》には初版を買わせよう」キングスミル弁護士が言った。

「それにしても、文筆家が行動家でもある、というのはすばらしい！」と言ったのはラッフルズだった。その言い方は彼がよく使う表現だったが、何となくぼくに聞かせる意図が感じられた、そしてその意味はすぐに分かった。パリントンのおせっかいな行動がそれ自体疑わしく感じられ、ラッフルズに対する疑いを和らげる作用をしたからだ。おかげでラッフルズに当たっていたスポットライトは外れ、そのことに対する感謝のニュアンスがラッフルズの発言に感じられた。ぼくもほっとしたことは言うまでもない。パリントンはこれまでラッフルズに疑いを表明していたが、今や疑いの中心人物になってしまった。彼はこの家にいた犯人を知っていたのではないか？　もしくは彼は盗賊であり、本件も彼の仕業なのではないか？　ぼくの心はその線で固まりつつあった。そして、しばらくして彼の叫びが聞こえてきたとき、その感は強くなった。やがてあかなかったドアが内側から開いて、紅潮し髪がぼさぼさのパリントンが見えた。手にはくさびとねじ錐《きり》が握られていたのである。

室内は乱雑の極みだった。引き出しは開かれ、中味はカーペットの上にぶちまけられていた。衣装戸棚のドアも開いていて、空になったカフスボタンの箱が投げ出されていた。タオルを巻きつけられた時計が椅子《いす》の上に投げ捨てられていた。隅の食器戸棚からは長い錫《すず》のふたが出ていた。空になった錫の箱を覗《のぞ》いている不機嫌そうな御前の顔が見えた。

「何と奇妙なものを盗んだものですな」犬に似た口の端にユーモアを浮かべて御前は言った。「わしの伯爵としての正装と正式の宝冠が――」

われわれは黙って御前を取り巻いた。むろん、同情に値したが、彼の態度はそう見せているだけなのか、真実の落胆かは計りかねた。

「こんなところに置いておくのが悪かった、というかもしれませんな」御前は続けた。「白象を置くのに廏舎《きゅうしゃ》以外考えられますか？　そして、これらは雪同様に真っ白な象でしたからな。でもあれがないと、これからはひと苦労だ！」

そういう御前は一瞬前には想像できなかったほど、その喪失を楽しんでいるようだった。その理由は一同がぞろぞろと階下《した》に降り、警察が型通りの取り調べを行った際に初めて納得できた。御前はラッフルズと腕を組んで降りてきたのである。その足取りは軽やかで、その陽気さは決して無理をしているようではなかった。彼はずっと元気になっていた。

ぼくにはこれは、御前がわれわれを招待したことによる重圧から解放された結果だ、と思われたのである。

「まあ願わくば――」と彼は言った。「この事件によって、夕食のときにした〈人物あて〉の結論に、一歩近づくことになればありがたい。まあわれわれ全員がこの事件は奴の仕業だ、と本能的に思った訳ですからな」

「それはどうだろう？」ラッフルズがちらりと、向こう見ずにもぼくを眺めながら疑問を呈した。

「いや、それに違いないよ」御前は叫んでいた。「この大胆さね。これは奴特有のものだ。大体からして、わしが犯罪学者クラブの皆様と夕食をするというその夜を選んで入る、という事実からしてそれを示している。これは絶対に偶然の一致などではない。熟考の末にやった皮肉な行為なのです。奴以外に英国にこれほどの盗賊がいる訳はない」

「御前の言われる通りでしょう」ラッフルズは、今度はこのように御前に同意した。多分、ぼくの顔を見ながらその判断を下したのだろうと思い、嬉《うれ》しかった。

「それにしても分からないのは」と御前は続けた。「世界のいかなる犯罪者も、これほど完《かん》璧《ぺき》なテクニックと、輝かしいアイディアを保持していない、ということですな。まあ、まもなくこられる警部殿も賛成されると思いますが――」

ちょうどドアのノックが聞こえ、その警部が図書室に入ってきた。

「何か私にお尋ねでしたか?」

「いや、この事件の犯人は一、二年前、メルローズのネックレスを盗み、宝石商ダンビーの宝石の半分を奪った犯人と同一だと話していたんです」

「伯爵はいきなり急所を突かれますな」

「同じ男はシンブルリーのダイヤモンドを奪った挙句に、そのダイヤを彼に返したのだ。知っての通りね」

「きっと御前の物も返してよこすかもしれませんな」

「それはどうか――。覆水盆に帰らずじゃ、失ったものを嘆いている訳ではない。まあ、あの男がそれを楽しんでいればそれでいいのだ。ところで、何か二階で分かりましたかな?」

「はい、御前。盗難が発生したのは本日八時十五分から八時半の間である、と推定されます」

「その根拠は何かな?」

「タオルで巻かれた時計は八時二十分で止まっております」

「召使達には尋問された?」

「はい、いたしました。彼等はあの部屋に十五分近くまでいたそうで、退出した時は何事もなかったということです」

「ということは、盗賊はこの家のどこかに隠れていたということか?」

「それは不可能と思われます。現在はいないことも確かです。ということは、犯人は御前の寝室と化粧室にしか入っておりません。あとは隅なく見ました」

警官が帽子をいじりながら退去すると、御前はわれわれの顔を向けた。

「あの件を、まず調べろと言っておいたんだ」と御前はドアの方をあごでしゃくりながら言った。「言った通りやらないのではないか、と思っておったが、わしが間違っておった」

ぼくも自分の間違いを喜んで認めた。わが野性的なる小説家先生に対する疑いは、同様に晴れたからである。べつにあの男がきらいというのでもなかったが、正直言うと少し失望したことも確かだ。というのは、われわれが二階の状態を見た時点で、ぼくの理論にはかなり信《しん》憑性《ぴょうせい》があると思っていたからだ。でもそれも警官の証言で、一瞬のうちに覆ってしまった。ぼくが今思い出すのは、このような事件があったにもかかわらず、さすがに伯爵はきちんと使用人達に指示して、夕食会を粗相のないように進行させたということである。

しかし、もしパリントンがリストから除外されるならば、同時にラッフルズもより危険で重大な仮説から外されることになる。これだけの専門家たちが隅から隅まで鋭く見つめている中で、完全に白になったということは、幸運な奇蹟《きせき》であると同時に、偶然の中の偶然であると思われた。でもその奇蹟は起こったのである。誰の顔にもそれは見てとれたし、誰の発言を聞いてもそう述べられていた。もともとあまり関心を示さなかったアーネストは別として、最初から強い関心を示した犯罪学者達はショックを受けた。三人は断罪するところを逆に名誉をもって報いたのである。ぼくはキングスミルがラッフルズに、興味のある裁判があったらいつでも傍聴席をお取りしますよ、と言っているのを聞いた。パリントンは次回の本の出版パーティーにはラッフルズを招きたいと言っていた。

ソーナビー伯爵は何やらアテネアム・クラブの名前と、自分の友人が委員会のメンバーであることなど話していた。もしメンバーになりたければ、推薦しますということではなかろうか――。

警官はまだ捜査を継続していたが、われわれは辞意を告げ、それぞれの方向に帰っていった。そして、ぼくはラッフルズを自分のアパートに連れていった。といっても、そこからはぐるりと角を曲がっただけの距離だったのだ。道を歩いている間、二人とも盗難事件についいては話さなかった。ぼくの部屋に入るや否や、ぼくは最初に伯爵邸の外で小耳に挟んだ会話を報告し、彼が疑われていたと言った。彼はまさに薄氷に乗っているようなものだったと。ぼくがいかにひやひやしていたかを話したのに対して、彼は一言も口を挟まず、じっと聞いていた。

ラッフルズはぼくが話し終えるのを待って、サリバン・タバコを深く吸い込み、ため息をつき、吸い殻を暖炉に捨てた。「いや、次の一本はあとにしよう。ありがとう。バニー、君に聞きたいのだが、ぼくが最初からあの知ったかぶり達の反応を見通していたと思うかい?」

ぼくはそんなことは考えられない、と言った。第一、君は何も教えてくれなかったではないか、とラッフルズに怒りをぶつけた。一体君はライオン達の口の中に飛び込むことを楽しみたかったのかと。どうして、そのためにぼくを必要としたのか、と。

「君にいて欲しかったんだ、バニー。それは必要だったのだ」

「ぼくの顔がかい?」

「バニー、ぼくは以前から幸運だった。でも君がいてくれて、すべてを信じてくれたおかげですごく励まされたよ。君の方は信じないだろうが――」

「観客ならびに監督助手として必要だったのか」

「ぴったりさ、バニー。でもぼくにとって、これは冗談ではなかった。一触即発、非常にきわどい状態だったからね。君に助けを求めようかと思ったが、それも無駄かな、と思った」

「何をさせたかったんだい？」

「強引に飛び出して錠をかける！」彼は本気でそう言っていた。灰色の目が輝いた。

ぼくは椅子《いす》から飛び上がった。「あれは君の仕業だったのか！」

「だって、ぼく以外にあれはできないだろう、バニー」

「そんなばかな。君は盗みが行われていた間、ずうっとテーブルにいたではないか？　ということは誰か雇ってやらせたのか？　ぼくはその可能性は考えていたが——」

「ぼく一人で十分だったさ」ラッフルズはあっさり言った。椅子にふんぞり返ってもう一本のタバコを取り出した。ぼくは彼の仕業であることを受け入れない訳にいかなかった。ラッフルズに対して怒ってもしかたがなかった。彼の宣言は無視できなかった。

「もちろん——」ぼくは続けた。「もし君がこれを一人でやってのけたとすれば、賞賛以外の何物でもないね。君は非常なる能力を発揮したばかりか、君自身の記録も塗りかえたといえる。しかも、同時に君に対する疑いが誤りであることを証明してしまった。でも本当にたった一人でやってのけたのかい？　まったく！」

ぼくは叫んでいた。同時に興奮が沸き上がってきた。「どうしてやったかなんて、もう気にしないよ。誰が助けたのかもね。これは君のやった最大の冒険だったのだ」

これほどラッフルズが嬉《うれ》しそうな顔をしたのは見たことがない。彼はまさにこの世界に満足していた。得意満面とはこのことだった。

「でも顚末《てんまつ》を知りたいだろうね、バニー。その前にまず、君にしてもらいたいことがあるんだ」

「何でもするさ、大先生。ただちにいたします」

「では、まず電灯を消し給え」

「全部かい?」

「その方がいいだろうね」

「よし、これでいいかな?」

「ではね、裏の窓のところに行って、鎧戸《よろいど》を上げ給え」

「それで?」

「ぼくも一緒に行こう。すばらしい。こんな夜中に見たのは初めてだ。あれが明かりのついている唯一の窓だ——」

彼は頰《ほほ》をガラス窓に擦りつけるようにしていた。そして、やや下方向の、かなり広い芝生の向こう側の家に見える、黄色のタイルのような小さな四角を指差した。ぼくは窓を開き、身を乗り出してそれを見た。

「あれがソーナビー伯の家なのか?」

ぼくは自分のアパートの裏窓からの景色なんて見たこともなかったのだ。

「その通りさ。まったく、君は自分の裏窓の景色も知らないなんて——。これがもっとも価値のある風景なのさ」

ぼくはその風景を眺めているうちに、どうしてこの数週間ラッフルズが度々ぼくの家に来ていたのか、その理由が分かったのである。しかも、来るといえば必ず夜の七時と八時の間だったことも思い出された。彼はぼくがいないときに入り、この窓のそばでぼくの帰りを待っていた。ぼくは望遠鏡で向こうの窓を見た。その窓の中は見えなかったが、下げられた鎧戸《よろいど》には見覚えがあった。それはパリントンが上の階の窓から縄ばしごを下ろして侵入したあの窓だったのだ。

「その通りだよ」ラッフルズはぼくの上げた歓声に答えてそう言った。

「そして、この数週間ぼくが見張っていたのもあの窓だった。日中はもっと家の中がちゃんと見える。そして幸運なことに、あの部屋にソーナビー伯は金目のものをすべて収納していた。夜あの窓を見張っていればそれがよく分かる。朝など彼が髭《ひげ》を剃《そ》っている風景も見えた、君が目を覚ます前だがね。夜には召使がいろいろな品物を収納するのが見えた。それが彼の不運と言えるかもしれない。ついにぼくは彼のある秘密をかぎつけた。そして伯爵が密かに愛する女の名前で、八時に外でお会いしたいという手紙を書いたのだ。もちろん、彼はそれを隠し、いつもの場所にいるように見せかけた。で、ぼくはすべての衣装を畳んで隠し、盗みを働くためにあの部屋に入った」

「よく時間があったな」

「一分あったら盗みはできる。それに時計を正確に八時二十分で止めた。たぶん、時計があとで問題になることは予想できたからね。時間を止めて惑わすのは常套手段《じょうとうしゅだん》だ。持っていくために時計に何かを巻きつけることも盗賊がよくやる手段だ。だから、われわれがテーブルについた時には盗難の時間を示す計器盤の証拠は完成していたわけだ。伯爵は八時一分にあの部屋を出たし、召使もすぐ一分後にそこを出た。次の瞬間ぼくが入ったことになる」

「あの窓から?」

「うん。ぼくは庭で待機していた。ロンドンの庭だからね、だいたいどこも同じだ。壁の漆喰《しっくい》は古くなっている。鍵《かぎ》はおんぼろだ」

「窓はどうした? どうやって二階の窓から入れたのかな?」

ラッフルズはオーバーの下に隠し持っていた杖《つえ》を取り出して見せた。それは丈夫な竹の杖で、輝く竹べらがついていた。そこを回すと中から少しずつ細い竹が出てきた。子供の使う釣竿《つりざお》と同じ原理だ。端に金属性の鉤《かぎ》があった。それから外套《がいとう》を開くと内側にはマニラ麻の口ープがついていた。それは一定間隔につけられるのだった。

「見ればどうやって使えるか想像できるよね。窓の端に鈎《かぎ》をかける。あとはロープをこうやって結びつけるのさ。むろん、これには練習が必要でね、昼間に何回かここだけ練習した。むろん、これらの作業は時間がかかる」

「かなり計画的だったのだな」

「この杖《つえ》を伸ばしてロープを引っかけるはしごはこれからも利用できると思うよ。こんなふうに体に巻きつけて固定するのだ。この種のはしごとしては一番いいと思う」

「組み立てるのに時間がかかるんじゃないのか?」

「でも、地上を離れてから戻るのに要した時間は五分くらいだった」

「何だって?」ぼくは叫んでいた。「君はまずはしごを組み立てる。それから二階に昇り、戸棚だの大きな錫《すず》の箱からめぼしい物を盗み、ドアにくさびをかませ、衣装棚を探り、降りてきて五分だって?」

「もちろん、それは不可能だ。そうはやってない」

「ということは? どうやったのさ?」

「二回にわたってやった。まず昨夜、リハーサルをやった。実際に盗ませてもらったのは昨夜だ。御前は隣室でぐっすりお休みだったよ。だから、欲しいものは頂いたが、それ以外は完全にもとの状態に戻しておいた。もちろん、時間的には長くかかった。今夜はまあカフスを空箱にするとかしたが、主としてやったのは泥棒の痕跡《こんせき》を作ることだった。なにしろ大切なのはこれらの犯罪学者たちに、他に優れた泥棒がいることを思わせることだったからね。彼等を混乱させることが狙《ねら》いだった」

ぼくがただただ黙って彼を見つめ、驚き入っていたことはご想像いただけると思う。だから、ここで彼が英国銀行に入ったとか、ロンドン塔に入ったとか言ったとしても、恐らく疑わなかっただろう。ぼくは彼とともにオーバニーに戻って愛犬レガリアがベッドの下に潜っているのを見るつもりだった。でも、ここは思い留まって外套《がいとう》を脱ぎ、今夜は行かないよ、と言った。

「バニー、ぼくもそのほうがいい。やはり睡眠不足だし、興奮を堪能しすぎた。まあ、君はぼくが不死身の悪魔に見えるかもしれないが、でもあの五分間はぼくの趣味からいっても厳しい時間だった。八時十五分前の夕食の案内はさばを読んでいることは分かっていた。いまなら、二倍かかっても大丈夫だったと言える。八時十二分前には誰も来ていなかった。御前ものんびりしていたよ。もっとも、ぼくは目立ちたくなかったから最後に着く客にはならないように、五分前には客間に入った。むしろ早すぎたのかもしれない」

この話の結末は、彼が頷《うなず》いてみせたように、ぼくがつけ加えることにしたい。犯罪学者、もしくは犯罪学クラブのメンバーでなくとも、ラッフルズがソーナビー伯爵の正装をどうしたか、これは記憶に留められるに違いない。あの機会に集まった紳士の一人として、もっとも紳士の作法に基づいてやってのけたのだ。ラッフルズはこの白象と呼ばれた盗品をチャリングクロス駅の預かり所において、その預かり証をソーナビー伯爵に郵送したのであった。

第五話　効きすぎた薬 ―― The Field of Philippi

われわれの学校、アッピンガム・スクールでラッフルズがクリケット・チームの主将をやっていたころ、校長はニッパー・ナスミスだった。ニッパーというのは子供という意味の愛称だが、アッピンガムのような有名私立校では寄宿舎に入るのが常識で、通学生は寄宿できるほど成長していない生徒としてやや軽蔑《けいべつ》されていた。ナスミス校長は学校の近くに住んでいて、寄宿せず通っていたので、通学生の意味でニッパーと言われたのと、校長の父親が学校の理事で銀行の支店長だったため、その子供という意味でニッパーと呼ばれたらしい。だから、一般にはそのような汚名は不相応だと思われていたが、われわれ生徒はこの愛称はぴったりだと考えていた。

ナスミスは上にも下にも評判が悪かった。見栄えを気にしていて、責任感が強すぎるのか校長の立場を超えて、万事を見たり聞いたりしたがった。その結果、妥協を許さない性格が災いして、自分の見聞だけに基づいて行動しがちだった。公共道徳には特にうるさく、それが失われることを嘆いていたし、その回復のためには少数派たることも辞さなかった。これが万事に関するニッパー・ナスミス校長の印象であった。ぼくが一年生のときが校長の最後の年になった。在学中ぼくは校長とほとんど口をきいたことはなかった。彼はしゃべるときは強烈な議論を展開したし、学校での討論は大好きだった。彼の印象はぼさぼさの髪の毛、ブラシをかけていない外套《がいとう》、強度の眼鏡、独断的な性格を示すあご、といったものだった。だから、何年もの後にラッフルズに誘われて母校の創立記念日の行事に参加したとき、そこに行く列車の駅で一目見ただけで、あの校長だと分かったのだった。

今年は通常の創立記念日とは異なり、敬虔《けいけん》なる創始者を賛える二百年祭の前年に当たっていた。学内で特別の会議が開かれる予定で、ラッフルズは新校長からその会議に招かれていた。この校長は自立心のある人物で、ケンブリッジ大学ではラッフルズとともにクリケットの選手をつとめたことがあった。今回ラッフルズは母校のクリケットのOB戦にも出る予定だったが、彼も卒業後はあまり学校に近づくことがなかったようだ。ぼくは一度も行っていなかった。第一、ぼくには、母校を懐かしいと思う気持ちはまったくなかったのである。

パディントン駅はさまざまな年齢の卒業生達で賑《にぎ》わっていたが、われわれの年次の連中は少なかった。卒業生はみんな髭《ひげ》を生やしてタバコを吹かし、派手なネクタイをしていた。でもこうした群衆の中でもラッフルズはやはり目立っていて、彼を見ている人は多かった。われわれの方は最後の乗り換え駅でも、ほとんど知った顔に会わなかった。そして、ぼくがあのニッパー・ナスミス元校長を見つけたのである。

われわれが記憶していたのは、この人物の息子みたいな姿だったかもしれない。今や彼はぼさぼさの頬髭《ほおひげ》を生やし、手入れを怠った蔦《つた》を思わせる口髭を生やしていた。頑丈そうだが背は曲がり、年齢よりもずっと老けて見えた。でも昔を思わせる歩き方でプラットフォームを歩き回っており、それを見た瞬間に思い出したのだ。ラッフルズも彼を見つけた。

「あれはニッパーじゃないか！」彼は叫んだ。「あのパントマイムみたいな歩き方には特徴がある。あのぎこちない歩き方を見ろよ。あれで敵を踏みつけるんだ。声をかけよう、バニー。彼とは昔だいぶやりあったが、でもあれでよいところもあったんだ」

次の瞬間、彼は例の子供を意味するニックネームで呼びかけていた。それにまつわる噂《うわさ》など忘れていたのだろう。

「私の名前はナスミスだ」相手はそう答えて声の主を睨《にら》みつけた。

「お許しあれ」ラッフルズは謝った。「つい愛称に慣れていまして、その意味など考えなかったので。握手をして下さい。ぼくはラッフルズです。あれから十五年になりますかな？」

「少なくともね」ナスミスは冷たく言った。でもラッフルズの握手は拒まなかった。

「あんたもあれに行くことにしたのだな」彼は冷笑を浮かべて言った。「この偉大なる催しに」

ぼくは少し距離をおいてこの会話を聞いていた。

「そうですよ」ラッフルズは言った。「ぼくは学生だったころの感覚は失ってしまったかと思いますが、でも大人としての経験を役立てたいですね。あなたの場合は関係ないでしょうが、ナスミスさん」

彼は珍しく熱心にしゃべっていた。汽車で旅行をしていると、いよいよその傾向が強くなるようだった。何となく少年のころの精神が戻ってくる感じだった。彼はいかにもロンドンでは現在名誉ある職業についているのだが、今それを中断してこれに駆けつける人物のように見せていた。むろんぼくはその時点で、われわれがどんな人生をすごしているかを考えていた。ここに歩いているのは骸骨《がいこつ》にすぎないことも。むろんそんなことは言わないよう努力していたが、骸骨と同じであることを忘れるわけにいかなかった。

「私の場合にはそんな必要はありませんな」ナスミスは火搔《ひか》き棒のように、畏《かしこ》まって答えた。「第一、私は理事ですし」

「あの学校の?」

「父がそうでしたから」

「それはおめでとうございます」ラッフルズは丁寧にお祝いを述べた。その態度はぼくの知るいつものラッフルズより若々しく見えた。

「君にお祝いを言われる筋合いはないがね」ナスミスは冷たく答えた。

「いやいや、皆関心を持っているはずですよ。あなたも今回の会合に出るためにこの列車に乗っておられるんでしょう?」

「私は出ませんよ。あの近くに住んでいるんでね、知っての通り」

そう言ったので、ぼくはラッフルズがあのニックネームの由来の一つを思い出したのだろうか、と思った。

「でも学校で開かれる会議には出られるんでしょう?」

「いや分からんな。出れば何か言わずにはおれんだろう。君があの危険な会合をどう思うか知らんがね、ラッフルズ。だが私は——」

手入れのよくない頬髭《ほおひげ》を突きだし、伸ばしたままにしている口髭の間からちらちら歯が見える、というのが彼の印象だった。ぼくが一年生のときに討論クラブで聞いた、彼の自制とは無縁のひねくれた熱っぽい議論を思い出させた。それらは古風な毒舌と活気に満ちていた。それ以来ナスミスの心は一向に広くもなっておらず、独特のいやな性格も全く衰えていないようだった。彼は恐ろしい声量でしゃべったので、われわれの周囲にはちょっとした人だかりができていた。しかし、卒業生たちのハイカラな服装や笑顔を見ても、このあまり身なりのよくない扇動家は一向にひるむ様子もなかった。二百年前に死んだ創立者のために、何でお金を使わなくてはならないのか？　それが彼のために、また学校にとって何になるというのか？　第一、彼は単に名目上の創立者というにすぎない。彼がこの偉大な私立学校を創立したのではない。彼が創立したのは単に田舎の小学校だったし、それが一世紀半も続いたのだ。真に偉大な学校として成長したのは、ここ五十年間のことにすぎない。それはあの聖職者とは何の関係もないのだ。しかも、彼は名目的な聖職者にすぎなかった。ナスミスはよく調べていた。だからよく知っていたのだ。こんな男のためになぜお金を使う必要があるのか？

「みなさん、そういう意見なのですか？」

扇動者が一息入れた瞬間に、ラッフルズが聞いた。ナスミスは目を輝かせてわれわれを見た。

「私の知るかぎりでは、このような意見の人はおらん」と彼は言った。「しかし、明日の夜以降は分からんぞ。今年のは極めて特別の会合になると聞いている。まあ物の分かった人間が少しはいることを望みたい。でも学校側にはまったくいないし、理事会では私一人が反対しているだけだ」

ラッフルズは笑いをこらえてぼくに目で合図をした。

「ご意見はよく分かりました」と彼は言った。「ぼくとしてもまったく賛成という訳でもない。でも、こうした行事にはやはり協力するのがわれわれの義務だと思うのです。たとえ方向が違っていたり、自分の夢を満たさないとしてもですね。でもナスミスさんとしてもいくらかは寄付なさるんでしょう?」

「寄付ですと? 一ペニーだってしませんよ」無慈悲な銀行家は叫んだ。「そんなことをすれば、私はその地位を無意味なものにしてしまう。私は真心をこめ、かつ良心に基づいて、このすべての計画に反対します。そのためにあらゆる影響力を駆使するつもりです。自分にこのようなものへの協力を許せないばかりか、人々の協力の芽を早いうちに摘んでしまいたいと思います」

これを聞いたラッフルズが突然変化したのを見たのは、ぼくだけだっただろう。彼の口元は固くなり、目は険しくなったのだ。そして、ぼくはその結果がどうなるかを予想できた。でも、それにもかかわらずラッフルズはふだんと変わらぬ声で、次の日の夜の会合でナスミスが発言されるかを聞いたのだ。ナスミスは「たぶん」と答え、それがどのような結果になるかを警告した。そして、われわれの乗る汽車がホームに入ってくるまで非難を唱え続けていた。

「ではまたフィリッピでお会いしましょう」ラッフルズは陽気に別れの言葉を口にした。

「極めて率直に思いを語って下さったので、ぼくも率直に言わせていただきますが、ナスミスさん。ぼくはあなたとは反対の立場でしゃべらせていただくことになるでしょう」

実は現在の校長がラッフルズの大学時代の友人だった関係で、ラッフルズは彼から演説を頼まれていたのだ。でもわれわれが泊まったのは母校の中ではなかった。少年のころ寄宿していた寮で、改造して新しい棟をつけ足していた。ちゃんと明るい電灯が設備され、勉強部屋もついていた。中庭と小さなバスケットボールのコートは昔のままだった。窓の外の壁の蔦《つた》もまったく変わっていなかった。ある少年の部屋にはまだチャリング・クロス橋のプリント模様のカバーがかかっていた。それはある建築施工者の息子が卒業するときに売っていったもので、かなりぼろぼろになっていた。のみならず、ぼくがラッフルズの子分だったころ、毎日可愛がっていた鳥のぬいぐるみの残骸《ざんがい》がまだあった。生徒達の部屋と舎監の部屋の境には緑色のラシャ張りのドアがあった。そこを通ってお祈りに行くとき、当番の生徒がそこに立って皆に静かにするように言ったものである。その一帯は昔と同じように暗く、そこにあった絵画もまったく変わっていなかった。われわれの肉体と精神がそこを離れたことを除けば、何も変わっていなかった。

ラシャ張りドアのこちら側には、独特の快適さがあり、繊細な精神の流れがあった。うんと若い卒業生もいたし、彼等から見たらわれわれは先史時代の遺物に見えたかもしれない。彼等の現代風のおしゃべりにはとてもついていけず、ぼくは会話に取り残されることになった。でもラッフルズは「一流のクリケット選手だから」という理由でなしに、ちゃんと一座の中心人物になっていた。その場にはクリケット選手はいなかったが、ラッフルズはみんなの話題についていけたし、冗談を飛ばしてみんなを笑わせていた。ぼくはラッフルズのそんな一面を初めて知ったのである。それはみんなの年齢まで若返るという意味ではなく、若者の持つ興味を共有できるという稀《まれ》な才能を持っているということだった。ぼくはそれができずに残念だったのだが、ラッフルズはそうした後悔などとは無縁の人物だった。

でもみんなが期待したOBゲームでは、ラッフルズは英雄ではなかった。ゲームが始まるときには期待がささやかれていたが、終わってからは「うーん」という嘆息が聞かれた。彼がいいかげんにプレイしたとは思わない。これはしばしば、クリケット選手があまりにレベルの違う選手と試合するときに起こる現象なのだ。でもラッフルズが投げ、散々打たれたのは、そのためかどうかも分からなかった。もっともラッフルズは一向に意気消沈しているようには見えず、誰よりも生き生きしているようだった。そして、ナスミスとラッフルズが演説する会合のときが来たのである。

ナスミスが立ち上がるまでは、それは極めて冷静な会合だった。われわれは各々招待側の人達と食事をし、ごく静かに祝賀計画について議論した。どちらかと言えばぬるま湯的な議論だった。ややもすれば、一定の偏見が支配していたし、多くの委員はあまり関心がなかったと言える。最初の委員のスピーチもこの無関心を打ち破ることはなかった。それがニッパーのお陰で破られ、突然熱気が生じたことは確かだった。

いつでもそうだったが、彼の演説は極めて荒っぽいものだった。でも情熱にあふれていたことは確かだ。少数の例外は別として、大部分の軽薄な連中を弾劾することにかけては稀《まれ》に見る巧みさを持っていた。内容はすでに汽車の中で聞いた議論を推敲《すいこう》したものにすぎなかったが、いくつかの要点を的確に捉えていて、その論法には独特のとげが含まれていた。これはまさに、この行事そのものの土台に揺さぶりをかけるだけの力を持つ議論だった。聞きながら何かをつぶやいていた聴衆もしまいには、しんとなってしまった。彼の野性的とも言える力がその場を支配していた。それから反論のためにラッフルズが立ち上がったのである。

ぼくは一言も聞き漏らすまいと身を乗り出した。ラッフルズをよく知っているぼくとしては、彼が言おうとしていることも分かっているつもりだった。でもこのときばかりは、ぼくはまちがっていた。嘲笑《ちょうしょう》に嘲笑で応え、侮辱に侮辱をもってしたにせよ、ラッフルズの態度は終始一貫まことに柔らかなものだった。一同はひたすらにラッフルズを見つめ、ひたすらに耳を傾けていた。彼は古き友人ナスミスに対して、まことに丁重に、しかし断固として不信を主張した。

彼はナスミスを二十年にわたって知っているが、これほど大きく吠《ほ》え、しかしこれほど噛《か》まない犬は見たことがない、と言った。それは恐らく、あまりにも心が温かいので噛みたくても噛めないのだ、と。ナスミスは大声で抗議をした。でも自分は彼のことを彼自身が自分を知っている以上によく理解している。彼はそのすばらしい品性をわざと見せないのだ。彼は実は立派なスポーツマンであり、弱いものの味方をする情熱を持っている。ただ、今夜みんなが聞いたように、やや過剰な言い回しをされるだけなのだ、と。

こう言ったあとラッフルズは、ナスミスが創始者基金について何を言われたにせよ、結局はわれわれ同様、十分寄付されることに同意され、みんなが知っている「本当は気のいい、気前のいい男」であり続けられるに違いないと思います、とニコニコしながら結んだのである。

こうやってラッフルズは、昼間の試合に引き続き、夜の部においても卒業生達をあざむいたのであった。われわれは彼が上品にナスミスをからかい、高尚な議論の中で理の通った揶《や》揄《ゆ》をやってのけ、胸をすうっとさせてくれることを期待したのだ。しかし、彼は申し分のない調子で友情に満ちた人格を強調し、われわれもあざむいた。しかもあの強烈な弾劾を、あまりに軽々しくいなしたために、こうした会合における自然な討論の雰囲気は回復しなかった。しかも、ナスミスにしても猛攻撃をもってこれに対抗することは困難になった。彼はあざけりの色を浮かべて微笑《ほほえ》み、ラッフルズの予言は間違っていると、聞こえよがしにつぶやいていた。

続く発言者はラッフルズほど偽善的でなく、そのため会議の基調が回復され、議論に悪意が混入することは避けられた。しかし、ナスミスの血液にはなおも悪意の毒液が流れており、その夜さらにそのことを確認することになったのである。

会議のあとは、校長主催の舞踏会が開かれた。

あれだけの発言のあと、ナスミスが舞踏会に参加することはないだろう、と思ったのだが、ことナスミスに関してはこれも間違っていた。ちゃんと、舞踏会にも姿を見せたのである。彼はラッフルズに対して、自分が率直すぎる意見を述べたことを謝り、本来敵であるラッフルズに優しく扱っていただいて、と感謝したのである。

やがてナスミスはぼくと二人きりになったとき、戦闘的なまなざしでぼくをじろじろ見て、こう言った。

「あなたはあの偉大なるラッフルズ君と度々一緒にいるところを見かけましたが、むろん彼のことはよくご存じなのでしょうな」

「ええ、大変よく知っていますよ」

「そう言えば、昨日ここに来る途中でラッフルズに出会ったときも、ご一緒でしたな。彼は自己紹介したが、私とは百年の知己のように振るまった」

「あなたが校長だったとき上級六年にいたじゃないですか？」ぼくは彼の調子にいらいらさせられていた。

「それがどうしたというんだ。私はラッフルズを尊敬もできなかったし、まして友人ではなかった。彼のやった悪行の数々を知っていたからね」

流暢《りゅうちょう》な侮辱には息を呑《の》んだが、幸いしっぺ返しの種を思いついた。「あなたはこの町の住人でしたからね、特別に観察する機会もあったわけだ」

初めて彼のぼさぼさの髪の間に血の気が差した。

「また彼は夜の街に出かけたのか？」わが敵がそう言った。「君がどこかにやったのだな。今彼は何をしている？」

答える前に部屋を見回すと、校長夫人とワルツを踊っているラッフルズが見えた。彼はワルツも上手だった。彼等の前ではほかのカップルは型なしだった。彼の腕の中の女性は少女のように輝いて見えた。

ぼくが、自分でごらんになったら分かりますよ、と言ったあとナスミスは続けた。

「私が言うのはこの町のことでなく、ロンドンのことだ。いや、それにかぎらず彼の謎《ミス》に満《テ》ち溢《リア》れた《ス》生活の場で、ということだ」

だが、ぼくの耳をそばだたせたのは、彼の使った謎《ミス》に満《テ》ち溢《リア》れた《ス》という言葉だった。

ここはラッフルズを捕まえて対決させたいと思ったのだが、あまり混雑していて動きまわるのも難しかった。

「彼が何をしているかは周知の事実だと思いますがね。彼はたいていクリケットをしていますよ」ぼくは考えながらそう答えた。それが横柄な口調だったとしたら、ぼくの神経が参りかけているせいだった。

「クリケットだけで生計を立てているのかね？」わが敵はすかさず突っ込んできた。

「ラッフルズ自身に聞かれたらいかがですか？」ぼくはそう言った。「みんなの前でそれを聞かれなかったのは残念です」

ぼくはいささか狼狽《ろうばい》と腹立ちを示し始めており、ナスミスは一層冷静になっていった。

「そうかな。彼は謎《なぞ》めいたなやり方で、不名誉な生業《なりわい》を行なっているようだがね」彼は断定的にそう宣言した。「クリケット自体が不名誉な生業なのだ。もしクリケット選手が紳士《ジェントルマン》であろうとするならば、今のようではだめだ。もうプロスポーツ化しているからだ。そしてプロ化したクリケットに対する熱狂ぶりを見ると、これは現代の悪の一つだと思う。クリケットの有名チーム、ジェントルメンの選手たちは、プレイヤーズの選手たちより収入が多い。私のころにはアマチュアは真の意味でのアマチュア・スポーツの選手であり、試合の度に多額のお金が動くことなどは考えられなかった。当時の第一級のクリケットのチームにラッフルズのような選手はいなかった。私は彼が現代の第一級のクリケット選手であることすら認めたくない。自分の息子としてラッフルズを見たいと思ったら、彼の中に何を見ればいいだろう?」

ぼくは彼が言いたいことが分からなかった。でも、この演説には少しばかり感動していた。

「彼が泥棒だったらいいのに。むしろ、こう思うんだ」

ナスミスはこう言ってぼくを見つめると、さっときびすを返して出て行ってしまった。ぼくの当惑もそこで終わりになった。

このできごとのせいか、その部屋にいることは苦痛になっていた。ぼくは良心のせいで臆《おく》病《びょう》になっていた。それでいて、なぜか最悪の事態が起きることは信じられなかった。われわれが奈落《ならく》の縁《ふち》を歩いているのは確かであり、いずれ歩調を崩せば穴に落ちることも分かっていた。ぼくはロンドンにいればよかったと思った。そう思いながら、宿舎の家に戻った。ダンスが面白かった時代は終わっていた。それはよりよき人間であろうと誓えたころの話だった。たとえダンスで誰かと知り合えても、もう無価値だった。ぼくは自分の部屋で、ラッフルズに教わったタバコを吸いながら、別の踊りのことを考えていた。そのラッフルズは音もなくドアを開き、同様に職業的な巧みさで音もなくそれを閉めた。

「いつも前からアキレスみたいな君に会いたかった」彼は言った。「トロイ戦争を前に、自分のテントでむくれていたんだね」

「その通りさ」ギリシャ神話のたとえ話に笑いながら、そう答えた。「でもここで一緒にタバコを吸ってくれれば、機嫌を直すよ。ここは学校の寮なのにちゃんと灰皿を置いてくれている。独り寝ならむくれるが、君が一緒なら朝まででも平気だよ」

「事態は悪くなる可能性もある。でも逆に好転することだってあり得る」ラッフルズはそう言ったが、珍しくサリバンを吸う誘惑を退けた。「実際のところもう朝なのだ。あと一時間もすれば夜が明けるだろう。ウォーフィールドの森かストックリー・ロードで美しい朝が見えるだろう。上級校舎か中級校舎の辺りでもね。君はどうか知らないが、ぼくはもう寝たくないよ。正直言うと、ここでのことはぼくの気分をよくしてくれた。こんなことは何年ぶりかなあ。もし寝ないとしたら外に出て新鮮な空気を吸おうじゃないか」

「みんなはもう寝たのかな?」ぼくが聞いた。

「とっくに寝ている。ぼくが最後だった。なぜそんなことを聞くんだい?」

「変に思われないかな。これから出かけるなんて——もし聞きつけられたら、の話だけれど」

ラッフルズはぼくの前に立って、茶目っけと狡猾《こうかつ》さを取り混ぜたような微笑を浮かべた。

「聞きつけられることはないよ。昔、ぼくがしていたみたいに出て行けばね。今回ここにきて以来、やってみたかった。まったく問題ないさ。一緒にきてくれれば、昔どうやって寮の二階から出入りしたかを教えてあげるよ」

「知っているさ」ぼくは言った。「君が降りて行ったロープを巻き上げたし、ちゃんとタイミングよく、上がってくる時ロープを下ろしてあげていたからね」

ラッフルズはおかしくてたまらないというように、ぼくを見つめた。「バニー、ぼくが出て行くための方法はそれだけではなかったのだ。常に次善の策を用意しておくのがぼくのやり方だ。それも教えてあげる。まず、ブーツを脱いでテニス靴を持ちたまえ。別のコートを着て、電気を消すんだ。二分したら踊り場で会おう」

彼は出会ったとき指を上げて、言葉を制し、階段を降りた。靴下だけで降りたから無音に近かった。ラッフルズにしてみれば子供の遊戯だったが、ぼくに昔のことを教えたい気持ちもあったのだろう。でもぼくはひどく興奮していた。この冒険はたとえ失敗してもどうということはない、危険なしの冒険だったから気が楽だった。われわれは音もなく玄関に着き、玄関のドアを開いて外に出るのかと思った。ラッフルズはしかし緑のドアを開いて、みんなが寝ている一角にぼくを導いた。障害がなければ面白くないのだった。

「あの窓から出るつもりか?」ぼくはささやいた。ピアノの上にかかっている時計が時を告げた。

「当然だろう」ラッフルズはそうささやき、自分で窓を開いた。その下には郵便受けがあった。

「中庭を横切るのだな」

「そして門を越える。口をきいてはいけない、バニー。上には寄宿舎があるから見られる恐れがある。皆が見ているときに戻ってくるのはちょっとね――」

われわれが星明かりの戸外に降りたとき、ラッフルズは指を唇につけた。軒下から中庭に出るところで砂利道が音を立てた。緑色のベンチがあり、昔はここで宿題をやったものだが、ここに腰を下ろして靴の砂利をきれいに落とし、難なく門を越え、外に出た。田舎道には人《ひと》気《け》がなかった。眠れる町の表通りも無人だった。われわれの立てるかすかな音は夜の露、詩人の歌う花びらを思わせた。ラッフルズはそっと腕をぼくの腕にからめて歩きながらささやいた。

「君とニッパーは舞踏会場でことばを交していたね。単なる会話だったのかな？　ぼくは踊りながら目の端に君達を見ていて、ちらと会話が聞こえた。ぼくの名前が聞こえたね。彼は極めてしつこい男だからね。子供のまま成長したんだ。でも例の寄付はするだろうし、ぼくがそうし向けられたことは嬉《うれ》しい」

ぼくは今のところそれは信じられない、とささやき返し、ナスミスはラッフルズに関していろいろなことを言った、と教えた。そして、多分その話は聞きたくないと思うと言った。

彼は同じことを何回も繰り返したので、なぜそう確信できるのかを聞いた。

「ぼくはもう言ったと思うがね」ラッフルズは言った。「彼にそうさせて見せるということだ」

「でも、どうやって？」ぼくは聞いた。「いつ、どこで？」

「フィリッピでね、バニー。

〈そして、思うにフィリッピの野は――
シーザーが最期を迎えるところなり
だが、誰がブルータスにそれを教えたか
　　　　　　それが分からない〉

君はシェイクスピアを忘れているね。バニー。でもフィリッピのことは思い出して欲しい」

ぼくはおぼろげながら思い出した。しかし、それが何を意味しているかは依然分からなかった。ぼくは正直にそう言った。

「ここもフィリッピだが、シェイクスピアのそれはローマ時代の戦争の舞台なのだ」と彼は答えた。「そして、われわれはその楽屋口に立っているのだ」

ラッフルズは突然立ち止まった。夏の夜の最後の闇《やみ》だった。しかし、近くの街灯の明かりが振り向いた彼の顔を照らし出した。

「君はいつかと聞いたね」彼は続けた。「それは今だ。このときだ。君がもし助けてくれればね」

そして彼の背後には、彼の頭の高さとほとんど同じ高さに大きな窓があり、針金の日よけはあったが、柵《さく》はなかった。そして、そこには金色のナスミスという名前が見えた。まさにナスミスの父親の代からの銀行だった。

「侵入するつもりじゃないだろうね」

「君が助けてくれれば今入るさ。まあ、五分から十分というところかな。もし手伝ってくれなければ——」

「道具は持ってないのだろう?」

彼はポケットからそっとそれらを取り出した。「全部はないがね、バニー。いつ必要になるか分からないだろう? もっと置いてこなくてよかったよ。もう少しでそうするところだったんだ」

「ぼくは君がここにくるんじゃないかな、と思っていた」ぼくは非難がましく言った。

「こなければ君は喜んだだろうね」彼は笑いながら言った。「でもこれにはナスミスが創始者基金に拠出する件がかかっているんだ。そして、これは半端な金額ではないよ。幸運なことには、沢山の金庫の鍵《かぎ》を持っている。君は手伝いをする気があるのかい？　ないのかい？　もしあるのならやって欲しいことがある。ないのならさっさと帰っていい」

「そんなに急かさないでくれよ、ラッフルズ」ぼくは言った。「このことは前から計画していたのかい、それともいま急に思いついたのか？」

「バニー、これは道具の一部なのだよ。そして、ぼくは正装しているときも持ち歩いている。この小さな銀行についていえば、ぼくは考えもしなかった。まあサインなしに百ポンドかそこら引き出すことが公共的義務ということもね。いや、それ以上盗《や》る気はないんだよ。今夜は儲《もう》ける気はない。もし捕まってもシャンペンの飲みすぎだと言って切り抜ける。あの会合の後遺症の悪ふざけだとね。彼等にその気があればここにいたって捕まるから早く戻って寝た方がいい。このことに確信を持ち、ブルータスに内通するのでなければね」

われわれが立ち止まってささやきを交していたのは一分弱だったろう。通りは依然として墓場のように静かだった。ここで、話をしているのは危険だとは思えなかった。しかし、ぼくに帰れと言ったかと思ったらラッフルズはもう窓の敷居に取りついていた。最初は片手、やがて両手で摑《つか》まり、脚をぶらぶらさせながら窓に上がっていった。

でも窓の敷居は彼を支えるには狭すぎた。彼が苦労しているのを見れば助けない訳にいかなかった。それに、彼が持ち出した詩の一節は、まさにぼくがシェイクスピアを引用して、学校の雑誌に書いたものにほかならなかった。ラッフルズはそれを覚えていてぼくに助けを求めたのだ。そう思った瞬間ぼくは肩を貸していた。彼の足が肩に乗り、窓がサッシを滑る音が聞こえた。その音は極めて静かで、下にいるぼくにもほとんど聞こえなかったのだが——。

ラッフルズはいったん中に入り、それから手を伸ばしてきた。

「敷居に摑《つか》まって、バニー。外にいるより中に入ったほうが安全だ。ぼくが君の腕を引き上げるから。おいで」

銀行の内部で起こったことを詳細に書く必要はないだろう。ぼくは見張りとして階段の下に待機していた。そこはあのナスミス支店長が居住区にしている部分につながっていて、彼の規則正しい寝息が聞こえていた。それは彼自身の性格を表して音は大きく、極めて元気がよかった。ラッフルズの方からはまったく音はしなかった。彼がドアを締め切っていたからだ。でも、何か音が聞こえたら警告するように頼まれていた。でも二十分近くわれわれが銀行にいた間、警告の必要はまったくなかった。後にラッフルズが教えてくれたことによると、二十分中十九分はたった一つの鍵《かぎ》を見つけるために費やされたという。彼はフェルトの袋を発明していて、この中で鍵を開けても音が洩れないようになっていた。その袋の中で使った鍵は金庫会社の制作した各種の鍵の複製で、ラッフルズが独自のルートで手に入れたものだった。

彼が扉を開けることに成功し、ぼくに合図を送ってきたとき、その表情から望むものが手に入ったことが分かった。ここで質問することは避けねばならなかった。まず脱出することだった。星は青い空に消え去ろうとしていた。寝床に戻れるのは嬉《うれ》しかった。ぼくはそのことをラッフルズにささやき、彼はそっと窓を開いて頭を外に出した。彼がすぐにそれを戻したので、何かが起こったと思った。

「どうした？　バニー。心配はないよ、誰もいない。でも分からないがね。ここにわれわれの匂《にお》いが残ることは考えないと。いいかい？　ついてきたまえ。窓のことは心配しなくていい」

そう言うと彼は音もなく道に降り立った。ぼくもそれに続いた。左に行くところを右に曲がり、来るときののんびりした歩調とは異なり、きびきびと歩いた。次第に明るくなっていく空を切り裂くように、そびえている切り妻屋根、その下の柱列の向こうの教室を見ながら、われわれは鼠《ねずみ》のように素早く歩いた。左側には校長の家があり、その反対側には歴史的建造物ともいえる古い建物があった。ここまでくるともうほとんど夜が明け、ストックリー・ストリートの生け垣がくっきり見えた。

「校長のナブの家に明かりがついているのを見たかい？」ラッフルズが息を切らして叫んだ。

「いや。なぜ？」ぼくも喘《あえ》いでいた。

「あれはナブの衣装部屋だ」

「だから?」

「一度行ったことがる」ラッフルズは続けた。「彼はひどく寝つきが悪くてね、街路の物音を聞きつけるんだ。ぼくは度々夜中に彼に追いかけられた経験がある。たぶん彼は誰が歩き回っていたかを知っているだろう。でもナブは証明不能なことで人を咎《とが》めたりはしないよ——」

ぼくは何も言わなかった。そしてラッフルズは風に乗ったヨットのように走り、ぼくは波にあおられる艀《はしけ》のように続いた。やがてラッフルズは突然止まり、ぜいぜい言うぼくを制して、静かに、と言った。

「大丈夫だよ、バニー」彼は笑顔を見せながら言った。「歴史は繰り返すということだ。わが親愛なるナブ君が追ってきたらしい。バニー、君は走って消えてくれ、あとはぼくに任せてね」

ぼくは抗議しかかったが彼は行ってしまった。どうしようもなく、精一杯追いかけるほかはなかった。でも本当はその場に倒れてしまいたかった。あとはラッフルズにすべてを任せて。ぼくは走るのが苦手で、特に都会生活をしたためにその能力が失われていた。しかしラッフルズは第一級のクリケットの選手で、常に走る訓練を受けていた。だから、ナブやぼくとは訳が違った。でも校長のナブはオックスフォードでラッフルズと共にクリケットの選手だった訳だから、まあぼくよりもましだった。ぼくがつまずいたとき、後ろから走ってくる彼の足音が聞こえた。

「早くこいよ、早く」

ラッフルズが肩越しに叫んでいた。もう完全に朝になっていたが、辺りは薄もやに包まれていた。その霧はのどを通って肺に突き刺さった。ぼくは咳《せき》をし、そのおかげでよろめいた。そしてその場に倒れてしまった。ナブはそれを見ながら走り、大声を上げた。

「この悪党め！」

彼はそう唸《うな》った。唸るのは元気な証拠なのだった。

しかし、ラッフルズはぼくが倒れたので、逃げることをやめてしまった。ラッフルズがナブに追いつかれたとき、ぼくは四つん這《ば》いになって駆けつけたのだ。ラッフルズは銀色の霧の中に立ち、持ち前の陽気さを取り戻して軽やかに笑っていた。ぼくの傍ではがっちりしたナブが、むっつりと謹厳な表情で立ち、昔は黒かったのにすっかり灰色になった口髭《くちひげ》に露を滴らせていた。

「ついに捕まえたぞ！」と彼は言った。「数えきれぬ年月のあとでな」

「ということは、われわれより幸運だったのだ」ラッフルズは答えた。「われわれは追いかけていた男に逃げられてしまったらしいからな」

「誰かを追いかけていたのか！」ナブはそう言って濃い眉毛《まゆげ》を吊《つ》り上げた。

「われわれは必死に追いかけていたんだ」とラッフルズが説明した。「でも見ての通り追跡者の一人が倒れてしまったんでね。いや、まったく無実の人間を追っていた可能性もある」

「放校したうちの学校の不良学生じゃあるまいな」われわれの追跡者はさらりと言ってのけた。

「もうそいつは、この学校の人間ではないのだろう？」ラッフルズはそれに乗った。「不良を改心させるなんて大変なことだよ。いや、ぼくが言ったように、これは最初からわれわれが間違えていたのかも知れない。ぼくが明かりを消して外を見たときに、ひどく疑わしげな素振りが見えたのだ。ブーツを脱いで靴下のまま歩いていた。だから、足音がしなかったのだ。靴下だとゴム底より音がしないからね。そこで部屋に戻っていたバニーを呼んで二人で探偵ごっこを始めた。でも、いなくなってしまった。そこで回廊を調べていたんだ。そうしたら、われわれのすぐ近くでまた足音がした。そこで捕り物を始めたという訳だ。どこに行ったかは分からない。でも多分何もないだろう。でも、とにかく確かめたかったのでね。まあ最初は申し分なかったのだが、バニーは走ることに弱いのだ」

「一人で行ってくれたらよかったんだ」ぼくは脚をさすりながら言った。

「まあ、あとのことは誰かにやらせよう」ナブは唸《うな》るように言った。「君たちはとりあえずわが家にきて、一杯やって、少し暖まるといい」

ご想像の通り、これはありがたい提案だった。もっとも、学校時代にはぼくはナブがきらいだった。彼と一緒のクラスだったときのことは今も覚えている。彼はもっとも辛辣《しんらつ》な表現を得意としており、その形容詞の激しさはその三カ月間ぼくの脳味噌《のうみそ》を傷つけたこともあった。でも彼はすごく口あたりのいいスコッチウイスキーとすばらしい葉巻きを持っていた。そして優等生らしい辛口のウィットに富む話題にことかかなかった。三人の楽しい会話は教会の鐘が鳴るまで続けられたのである。

ラッフルズはと言えば、社会や卒業生に対する悪だくみはさておき、この旧友を作り話で欺いてしまったことで、いささか罪の意識に苛《さいな》まれているようだった。もっとも、その結果は一向に心配しておらず、怪しい人物を追跡したという彼の話はすべての関係者に問題なく受け入れられた。ナスミス自身も真っ先にわれわれの献身的な努力に感謝のことばを述べた。そして皮肉なことにこの出来事は、ラッフルズと論争の相手方との間に、紳士協定を結ばせる結果になった。ぼくはと言えば、卒業生クリケットの第二回で、ラッフルズがせっせと得点を上げているのを見ながら落ち着かない気分でいた。彼が結果を説明してくれなかったからで、今後それがどういうことになるのかも想像がつかなかった。それでいてぼくは、例の追跡の功労者の一人になっていた。だから、われわれの乗った列車が、別れの手を振るナスミスを残してプラットフォームを離れたときには、本当にありがたかった。

「ナブの家に泊まっていなくて幸運だったね」ラッフルズが言った。彼はサリバン・タバコに火をつけ、盗難事件を報じている「デイリー・メール」紙を開いた。「ナブはあれでなかなかの古狸《ふるだぬき》だからね、あることに気づかれなくてよかったよ」

「それは、何なのさ?」

「あの寮の玄関のドアは、朝まで施錠して内側にボルトをかけてある。そして、あの説明だとわれわれはドアを開けて出てきたことになっている。ナブがそれに気づいたとすれば、今ごろ捕まっているさ」

ラッフルズが盗ったのは百個あまりの一ポンド金貨で、もちろんいかなる紙幣にも手を触れていない。彼はロンドンに帰るとすぐ、クリケットの試合に出かける前に、創始者基金に対する二十五ポンドの寄付を郵送した。おそらく残りは金庫に保管されているのだろう。不思議なことには、創始者基金の経理部長は、ただ卒業生、とだけ書いた匿名の人物から百ギニー（一ギニーは二十一シリングだから百ギニーは百五ポンド）の紙幣を受け取った。彼はたまたまわれわれの招待側責任者だった男で、まだ雇われて間もない人間だったが、ラッフルズ宛《あて》に手紙をよこして、こうした多額の寄付がなされたのは貴殿のスピーチのおかげです、と感謝を述べていた。ぼくはそれに対するラッフルズの返事がどのようなものであったか知らないが、匿名の寄付者の名前は判明した。それはほかならぬ、ニッパー・ナスミスご本人であった。ぼくはラッフルズにこのニュースは本当か、と尋ねたのだが、彼はニッパーにクリケットのヴァーシティー戦にこられたらお会いしたい、という手紙を書いたと言った。そして、これは実現した。ぼくはラッフルズと一緒に会場を歩き回り、テントの前でナスミスに会ったのである。

「これはこれは」とラッフルズは言った。「聞くところによると、反対しておられた創始者基金に匿名で百ギニーも寄付なさったとか——。いや、否定なさらなくともいい。有名になって戸惑われる必要もありませんよ。いやね、あなたが言われたことには真実も含まれていたと思いますよ。でもね、こうしたことはみんなで協力すべきだと思うんです。心から賛成であるか否かは別として——」

「その通りだよ、ラッフルズ。でも事実は——」

「何をおっしゃりたいか分かります。でも何も言われるな。あなたがされたような立派なことをなさる方は、千人に一人もおられない。しかも、匿名でなさるとくれば、一万人に一人だ」

「でも、どうして私がやったと思うのかね？　ラッフルズ」

「みんなそう言っていますよ。お帰りになってみなさんに聞かれたらいい。あなたはもっとも有名なお人になられたのですよ。ナスミスさん」

ぼくはこの喧嘩《けんか》好《ず》きな人物が、これほど不格好で見苦しい当惑ぶりを見せたのを初めて見た。そのとげとげしさはどこかに溶けてしまったようだった。そして、顔を赤らめ、何とも決着のつかない、当惑した姿はこれまでになく人間的だった。

「私は生まれてこの方有名になったことがない――」と彼は言った。「私は人気を得たいとも思わない。率直に言わせてもらえばね、ラッフルズ」

「もう遅いですよ。もう聞きたくありません。みんな大挙して押しかけてくるでしょう。でも、ぼくがあなたのことを気前のいい善人だと言ったからといって、腹を立てても困ります、ナスミスさん。あなたはずっとそうでしたよ。では、さようなら」

でもナスミスはまだしばらく留まっていた。もう当惑の表情は消えていた。代わりに顔は新たな光に輝いていた。「本当かね?」彼は叫んでいた。「では、今度は二百ギニー寄付するぞ、半端でなくね」

ラッフルズはわれわれの席に戻る途中、何かを考えていた。彼は誰にも会わなかったし、昼食後の三十分はクリケットもしなかった。代わりにぼくを練習グラウンドに連れ出したのである。幸いにそこには椅子《いす》が二つ空いていた。

「ぼくはめったに同情することはないんだ、バニー。知っての通り」彼は始めた。「でも、今はひどく気の毒に思っている。あの、憐《あわ》れなニッパー・ナスミスのことをだ。彼が生まれて初めて有名になろうと思っているのを見たね」

「うん。でも君はそれについて責任はないんじゃないのか？」

ラッフルズは首を振った。われわれの目が会った。

「ぼくはすべてに責任がある。薬が効きすぎた。ぼくは初め彼にけち臭い嘘《うそ》をつかせようとした。これは成功すると信じたのだが、彼はそれをしなかった。それから、最後の瞬間に、どうすれば良心を防衛できるかを考えたのだ。彼の言い出した二百ギニーは本物の彼の意思に基づく寄付だよ――」

「本名で寄付するのかな？」

「そう。初めて彼は自ら進んでね。バニー、われわれがかすめてきた百ポンドをどうしたか、知らないだろうね」

「君がどうしようと考えていたか分かるよ」とぼくは言った。「君が自分の名前で送った二十五ポンド以外はどうしたかは知らないが」

ラッフルズは突然椅子から立ち上がった。「全部が彼の銀行から出ていると思うのか？」

「当然だろう」

「ぼくの名前でした分も？」

「そう思ったさ」

ラッフルズは信じられないという顔でしばらくぼくを見つめていた。それから、クリケット場のスコア表示板の白い数字を眺めた。「クリケット場の設計をいじった方がよさそうだ。表示板はここからだとよく見えない。また誰かがアウトになったみたいだ――」

第六話　散々な夜 ―――― A Bad Night

ラッフルズとぼくが密かに興味を抱いた、ささやかな結婚式がまもなく行なわれることになっていた。花嫁となる女性は、最近夫を失った母親と喘息持《ぜんそくも》ちの弟と一緒に、モール川のほとりのサレーに建てられた美しい家にひっそりと暮らしていた。花婿は同じ地方の豪族の息子で、いずれも長いことこの土地に住む家柄だった。結婚の贈り物はモール川沿いの邸の何室も占領するほどたくさんあり、チープサイドにあるバーグラリー保険会社に警備を依頼したほど価値のあるものだった。ぼくはラッフルズがこうした情報をどうやって手に入れたかは知らない。でもその情報が正しいことは確かだった。ぼくとしては、ラッフルズがこれは「一人の仕事だ」と言ったので、特に興味を抱いていたのだ。一人とはラッフルズ自身のことで、自分でやりたい、と言っていた。でもクリケットの二度目の交流試合に英国チームのメンバーとしてラッフルズが急に招集されたために、状況が一転してしまった。

つまり、ぼくが代わりに犯罪に手を染めることになったのだ。ラッフルズは国を代表するクリケット選手として何年も活躍してきたのだが、もうこれ以上招集されることはあるまいと思っていた。だからこの招集があったときも、嬉《うれ》しいより困ったな、という気持ちが強かったようだ。試合は七月の第三木、金、土曜日に、マンチェスターのオールド・トラフォードで行なわれる予定だった。そしてもう一方の行事、つまり結婚式は木曜の夜にイースト・モールゼイで行なわれることになっていた。ラッフルズはそのいずれを取るかに悩んでいたが、ぼくは珍しく解決策を提案したのである。つまりぼくが、サレーでラッフルズの代役をつとめようと言ったのだ。のみならず、彼は愛国者として試合に出なくてはだめだ、と言った。国家を持ち出し、ぼくの自尊心を持ち出したので、ラッフルズはこの提案を承諾し、参加の電報を打ったのだ。われわれはイーシャーまで行き、徹底的に実地見聞を行ない、彼はさらに細かい注意を与えてくれた。そして次の日の午後六時には、マンチェスターに向かう列車の食堂車の窓から、ラッフルズの最後の忠告をもらったのである。

「ピストルだけは持って行かない、と誓ってくれ」ラッフルズはそうささやいた。「ここにぼくの家の鍵《かぎ》がある。机の引き出しには古いブラックジャック（携帯用の棍棒）があるから、必要なら持って行きたまえ。でも君は持っていると使いたがるから心配だ——」

「殺しをやれば、首にロープが巻かれることぐらい知っているよ」ぼくはささやき返した。「ぼくが何をやるにしても、ラッフルズ、君を失望させないよ。たぶん君が予想しているよりずっとうまくやる。今回は自信があるし、その理由も分かっているつもりさ」

本当にぼくはそう思っていた。眉《まゆ》を上げてみせた彼を乗せた汽車は、ユーストン駅を出て行き、ぼくは不機嫌にきびすを返した。彼はぼくを見て心配していたと思う。しかしぼくはもう心配などしていなかった。この数年間、ラッフルズはまったくぼくを見くびっていた。それを修正するいい機会だった。いざと言う場合に冷静さや図太さが失われたケースなどないのに、ぼくを信頼していないのが苦々しかったのだ。ぼくはどんな状況のもとでも彼に忠実だったし、難しい局面においても、ぼくはラッフルズ同様崩れることはなかった。ぼくは彼の右腕だと自負していたが、彼はぼくを単なる手先として使うことをためらわなかった。しかし、今回にかぎっては右腕でもなく、手先でもなかった。遂に代役が主役を演ずるのだ。いかにぼくがこれに情熱をつぎ込んでいるか、ラッフルズに理解してもらいたかった。

次の日の夜、ぼくは劇場に行く客で混雑している汽車をイーシャー駅で降りた。その夜は蒸し暑く、曇っていた。ハンプトン・コートに行く道は、郊外の都市計画にあるように深く考えないせいか、ひどく暗かった。最初の一・五キロは狭い通りで、真夏のことで緑のトンネルだった。明かりの灯った窓もなく、光の洩れてくる隙間《すきま》すらなかった。この暗闇《くらやみ》を歩いているとき、ふとぼくはあとを尾《つ》けられているような気がした。ぼくが立ち止まると、あまり離れていない足音も止まった。そして、歩き始めるとまた足音が聞こえた。ぼくは立ち止まって冷や汗を乾かさねばならなかった。ぼくは何回か同じ実験を繰り返した。そして、遂にぼくが聞いているのは自分の足音の反響であることに気づいた。この狭い路地から大通りに出たとき、反響は消え、ぼくは恐怖から解放された。それ以降はあまり冒険もなく、問題もなかった。しかし、モール川の橋を渡って左に曲がろうとしたとき、ゴム底の靴を履いた警察官に出くわした。ぼくは彼を「お巡りさん《オフィサー》」と呼んで敬意を表し、九十メートルほど道を進み、それから別の道を通って戻ってきた。

ようやくぼくは庭の門から潜り込んだ。芝生は暗く露に濡《ぬ》れていて、取り囲む窓も暗かった。歩いたせいで暑くなっていたので、庭にベンチを見つけてやれやれと腰を下ろした。ベンチは鬱蒼《うっそう》と繁ったレバノン杉の下に巧みに配置されていた。足が濡れないように持ち上げてベンチで数分間の休息を取ったあと、いつでも素早く靴を脱げるよう紐《ひも》をゆるめた。いつもの指揮官がいなくても冷静さを失っていない証拠だと思った。とはいうものの、これはそう思いたかったのであって、実際はだいぶ平静とはほど遠く、あの天才のまねごとをしているにすぎなかった。ぼくはマッチをズボンの上で擦って短いサリバン・タバコに火をつけた。ラッフルズだったらこんなときには、そんなことはしなかったに違いない。ぼくはこのことをラッフルズに報告したかっただけだ。実際のところ怖かったが、その怖さを楽しんでいる部分もあった。ラッフルズのまねをするのは、もっと危ない場面にとっておかねばならなかった。ぼくはもっと長いこと腰を下ろしているつもりだったが、神経が参ってくるのに耐え難かった。ちょうどタバコが終わったのを機会に、温室のドアに向かって砂利道を進むために靴を脱ごうとしたとき、奇妙な物音がして動きを止めた。それは頭の上の方から聞こえるくぐもった息遣いだった。ぼくは石のように不動の姿勢をしていた。ぼくの姿は濡れた芝生のミルク色の輝きを背景にくっきりと見えていたに違いない。窓から重々しい声が厳しく響いた。

「そこにいるのは、誰だ?」ぜいぜい言いながら、そう聞いていた。

「バーグラリー保険会社から派遣されてきた警備員ですが——」ぼくはそう答えた。

この作り話はぼくが考えついたものではなかった。ラッフルズがいざという時のために考えたものだ。ちゃんと予習してきた演技をここで実演したにすぎない。窓は沈黙したままだった。見えない男のぜいぜいいう音が聞こえていた。

「何で警備員をよこしたのか分からん——」しばらくして、男が言った。「地元の警察にちゃんと見張ってもらっている。彼等は一時間おきに見回ってくれているのだ」

「それは存じております、メドリコットさん」ぼくは自分のペースに戻りながらそう言った。「警官の一人とは先ほど、そこの角でお会いしましたよ。まあ世間話などしましたがね――」

ぼくの心臓はどきどきし始めていた。いつもの自分に戻ってしまいつつあったのだ。

「ぼくの名前は彼から聞いたのか?」窓の声は疑わしげに、ぜいぜい言いながらそう聞いた。

「いいえ、ここに派遣される際に会社で言われたのです」ぼくはそう答えた。「見つかってしまって申し訳ありません。これは単なる形式的な見張りで、どなたも煩わせないようにやることになっているのです。一晩中見張りをしますが、こうやって中に入らなくてもできます。その方がよろしければ、ここから出てお屋敷の外から見張りますが――」

これはぼくの発明だった。でもこれが信用されたので自信がついた。

「いや、かまわんよ」メドリコットの息子は少し機嫌を直していた。「喘息《ぜんそく》の発作で目が覚めてしまったのだ。このまま朝まで椅子《いす》にかけているかもしれない。上がってきて話でもしないか。一石二鳥でお互いにいい。そこにいてくれ。迎えに下に降りて行ってやろう」

これはラッフルズが予想しなかった筋書きだった。表《おもて》の暗闇《くらやみ》の中では、ぼくの大胆な演技も難しくなかったが、この即興劇を室内でやるとなると、ばれる危険は倍になる。確かにぼくは警備員のコートを着て制帽をかぶっていた。でもぼくの風貌《ふうぼう》はどう見ても警備員には見えなかった。しかし自称警備員としては、当の贈り物が置かれている家に入らないと疑われるに決まっていた。第一、遅かれ早かれこの家に入りこむのがぼくの意図だったことを忘れることはできなかった。でも、もうそのことはどうでもよかった。ぼくは意を決してこのジレンマに挑戦することにした。

温室の二階でマッチを擦る音が聞こえ、一瞬窓が絵のない額のように見えた。天井に大きな影が揺れていた。つぎの三十秒でぼくは緩めた靴の紐《ひも》を絞め直した。やがて一階のガラス越しに明かりが移動しているのが見え、ドアが開くと震える手でロウソクを掲げ、ぼくの顔を照らしている苦しそうな姿が見えた。

ぼくは実際の半分ぐらいの年齢に見える老人を見たことがあるし、逆に二倍も歳をとっているように見える若者も知っている。でも髭《ひげ》すらもない青年がまるで八十歳の老人のように身をかがめ、喘《あえ》ぎ、揺れ、よろめき、息を詰まらせ、今にも倒れて死にそうな姿を見たのはあとにも先にもこのときだけだった。しかも、この苦しそうな若者はぼくをしっかりと観察していた。しばらくして、ぼくは彼の手からロウソクを受け取った。

「降りてこないほうがよかった。ひどくなってしまった」彼は口をつきだして、こうささやいた。「戻ったらまた悪くなるかもしれない。腕を貸してくれ。くるんだろう？　そうだ。ぼくは見かけほど悪くはないんだ。よいウイスキーがある。贈り物はみんな大丈夫だ。でももしものことがあれば、中にいた方が状況が分かるさ。さあ行こう。ありがとう、なるべく静かにな。母を起こしてしまうから――」

彼は一方の手で手すりに摑《つか》まり、もう一方の腕をぼくが支えて階段を上った。一歩一歩のぼり、喘《あえ》いでは止まった。途中息が回復するまで待たねばならなかった。だから二階に上がるのに結構時間がかかった。ようやく二人が着いたところは感じのいい書斎だった。開いたドアの先に寝室が見えた。彼はもう疲れてしまって、物も言えなかった。彼の胸はひゅうひゅうと鳴っていた。彼は黙って、入ってきたドアを指差した。ぼくはその意思に従ってそれを閉めた。それからテーブルの上のウイスキーの入ったデカンタを指差した。ぼくはグラスに半分注いで彼に渡した。それを飲むと発作は少し治まった。彼は椅子《いす》に腰を下ろした。

「寝ていたのが――よく――なかったんだ」彼はとぎれとぎれにしゃべった。「こんなに症状のひどい夜には、寝ているとだめだ――そこの茶色いタバコを取ってくれ――そうテーブルの上のだ。そうそう――すまないね――それからマッチだ」

この喘息持《ぜんそくも》ちの青年はストラモニューム・タバコの両端を嚙み切って火をつけた。チョウセンアサガオという毒性のある葉で作ったタバコで、強烈な匂《にお》いがするのだが、彼はせき込みながらその煙を深く吸い込んだ。かなりの荒療治で、続ければ命にかかわるかもしれない。でもしばらくして、明らかにその効果が現われた。彼は身を起こしてグラスのウイスキーを飲み干すと、ほっと一息ついた。人生の花ともいうべき年齢で死と格闘しなければならない姿を目の当たりに見たぼくも、ここで安堵《あんど》の息をついた。彼は好感の持てる青年だった。その顔には、初めて太陽のような微笑《ほほえ》みが浮かんだ。そして口をきいた最初の言葉は、ぼくに対する感謝だった。ぼくのしたのは、ささやかなことだったのに——。

ほっとした途端にぼくは自分の立場に気づいた。そして、急に防衛本能が働いたのである。次に彼が述べた言葉は、いよいよ困難な事態に至る前兆だった。

「ねえ、思うんだけど——」と若いメドリコットは言った。「君はぼくが想像した警備員とは全然似ていないね」

「それはまた、むしろ光栄ですな」ぼくはあえて答えた。「まあ、そう見えないから私服は着ないようにしているんですが——」

彼はぜいぜいいう声で笑った。「でもこれはちょっとしたものだぜ」彼は言った。「保険会社が警備みたいな汚い仕事に、君みたいな上流階級の人間を使っていることは慶賀すべきことだし、それにぼくにとっても、最悪の夜に君がいてくれて助かったよ」

彼はこうつけ加えるのも忘れなかった。「君は冬の最中に出会った花のようなものだ。一杯やらないかい？　そうさ——。ところで新聞は持っていないだろうね？」

ぼくは持っていたが、あいにく汽車の中に置いてきてしまった、と言った。

「クリケットの交流試合はどうなっているだろうね？」彼は椅子から身を乗り出して言った。

「それなら分かりますよ」ぼくは言った。「最初、イギリスチームは――」

「ああ、最初のことは知っている」彼は割って入った。「昼食のときまでひどいスコアだったのはね。今どのくらい負けているのかな？」

「まだやられていますよ」

「そんな！　何点やられた？」

「七つウイケットを倒されて、二百点以上やられてますよ」

「誰が打者に出たのかい？」

「ラッフルズも一回出ました。彼は六十二点もかせぎましたがね――」

なるべくそうしないように努力したが、ラッフルズの話をするとき、つい思い入れてしまうのはどうしようもなかった。でも若いメドリコットの熱の入れようは、ぼく以上だった。ラッフルズの友人なのではないかと思ったぐらいだ。彼は嬉《うれ》しくて笑ったら、また咳《せ》き込んでしまった。

「ラッフルズは愛すべき男だ！」彼は喘《あえ》ぎながら言った。「打ってよし、投げてよしだ！あれこそ本当のクリケット選手といえる。彼の名誉のためにもう一杯乾杯しよう。喘息《ぜんそく》って不思議でね、飲んでも頭脳に作用しないんだ。でもその他の部分は落ち着かせてくれる。でも医者は喘息を治せないいんだ。一人だけ例外がいて、彼は窒素のアミル化合物を使うんだ。

ぼくは副作用でぶっ倒れた。でもこれが不思議と効いて元気になるんだ。でもその先はどうなるかは分からない。それが心配なんだけれどね――。まあいい、さあラッフルズの健闘を祈って乾杯しよう。明日はきっと頑張ってくれるよ」

彼はよろよろと立ち上がって乾杯した。もっとも、ぼくは座ったまま飲んだ。なぜかラッフルズのことに腹が立っていた。ぼくのことなどかまわずにクリケットに熱中しているラッフルズがうらやましかった。彼が失敗してくれることの方が望ましかった。そうすればぼくのことを思い出してくれるかもしれなかった。とにかく、盗みに入った家でそこの息子と自分のために乾杯しているなんて、夢にも思わないに違いなかった。その息子と談笑し、病気の世話をし、彼の勇気ある闘病ぶりを賞賛し、少しでも負担を軽くしてあげたいと努めているなどとは――。いってみればこれは悪魔のなせる業だった。このあと、どうして彼のものを盗むことなんてできるだろうか。にもかかわらず、ぼくはその方向に突進しつつあった。ラッフルズにこのようなことが分かるだろうか。

第一、若いメドリコットがぼくのことを信用しているかどうか、確信は持てなかった。このことは最初から恐れていたことである。そして二杯目を飲んだとき、喘息持ちにはアルコールが効かないとは言ったが、でも彼はこう言ったのだ。喘息という病気は不思議な病気で、たとえぼくが財宝の見張りでなく盗みにきたのであっても、あまり気にしないのだと。ぼくはこの軽口に感謝した。そこでまるで罰を与えるように、激しい発作が起こったのだ。息をつくための戦いは早く、激しくなった。これまでの武器はまるで役に立たなくなっていた。ぼくは例のタバコを勧めてみたが、もはや吸える状態になかった。もう一杯ウイスキーを注いだが、彼は要らないという仕草をした。

「アミルだ、あれを持ってきて！」彼は喘《あえ》いだ。「ぼくのベッドの脇《わき》のテーブルに缶がある」

ぼくは急いでその缶を取ってきた。その円筒形の缶の中に白い布の小片が入っていて、彼はそれをハンカチに載せて顔をうずめた。かすかな匂《にお》いが立ち上って傍らのぼくの鼻をも刺激した。そして、大波に油を流したような奇蹟《きせき》が起こった。肩の動きは緩やかになり、呼吸も早くはあったが正常な動きに戻った。あの激しい発作のあとだけに、不思議な静けさが辺りを支配した。伏せられた顔は耳まで赤く染まっていた。しばらくして彼は顔を上げたが、それは平常な顔で、赤いのは光線の加減かと思ったぐらいだった。

「これは、なぜか心臓から血液を吸い出すみたいなんだ」彼はこうつぶやいた。「そして、少なくとも一時的には発作が治まる。この状態が続くといいんだけれどね。でもこれは医師がいないと二回目をやってはいけないのだ。硫黄のような匂いがするだろう。どうしたの？何か聞こえるかい？　ああ、あれは警官だ。彼と話をしよう」

でもそれは、警官ではなかった。あの息の止まる発作が治まったときに聞こえた物音は室内の音だった。それは階下《した》から聞こえてくる足音だった。ぼくは窓のところに行って身を乗り出して見た。真下の温室の中でかすかに隣室から洩れてくる明かりが揺れていた。

「あれは贈り物のしまってある部屋の一つだ——」メドリコットがぼくの傍でささやいた。そして、窓から離れ、ぼくはその夜初めて彼の顔をまじまじと眺めた。

あの奇蹟がぼくを泥棒から正直者に変えてしまったのだ。難事を解決したぼくとしては、ここでやるべきことは決まっていた。ぼくは、まさにそのためにきた盗みを、今度は防がねばならない立場になったのだ。その違いは大きかった。大体初めから本件には未知の要素が多すぎたのだ。そして今、ぼくはもう盗みは不可能だ、と観念する気になっていた。ぼくはここでラッフルズのことを思い、一方で喘息持ちの青年を思った。ぼくには双方とも同じようなゲームに思えた。ここで盗賊の名誉を保つこともできたし、一方、男としての名誉のかけらも持つことができる、と思った。

われわれは顔を見合わせて立っており、下の物音に耳を傾けていた。二人の目は同じことを心配していた。くぐもった足音を聞く、というより感じたときに、二人は興奮しながらうなずき合った。でも、このとき再びメドリコット青年の具合が悪くなっていた。顔からは血の気が失せ、息遣いが荒くなっていた。ぼくは彼にここにいて欲しいと頼んだ。彼はぜいぜい言いながら例の賢そうなまなざしをぼくに向け、ぼくの血を凍らせたり、沸騰させたりしたのである。

「君にはすまないことをした」と彼は右手をガウンのポケットに入れながら言った。「ぼくは実を言うと君を――まあどう思ったかはいい、今はぼくのまちがいだったことがよく分かった。これをずうっと持っていたのだ」

彼はそう言ってピストルを仲直りの印《しるし》として投げてよこした。でもぼくは受け取らなかった、ポケットにはブラックジャックが収まっていたからだ。ぼくは彼と友情の握手をしてその場を離れた。踊り場でラッフルズのブラックジャックを取り出し、左の指をランタンの取っ手にかけた。そのまま階段を降りるとラッフルズが教えてくれた通りに壁に沿って進み、目印の厚板が打ちつけてあるのを手でさぐった。物音は一切立てないようにして、ドアに近づいた。明かりは揺れなかった。ぼくは歯を食いしばりすっとドアを押した。それは音もなく内側に開き、ランタンを掲げた盗賊がぼくを待っていた。

「この悪党め！」ぼくは叫んで、一撃のもとにブラックジャックで悪漢を床に倒した。

この一撃が反則だとは思わない。何しろ相手はぼくに飛びかかろうとしたのだ。ぼくの一撃が決まったのはラッキーだったと言うほかはない。でも倒れている人物がまったく武器を持っていないことを発見し、少し後悔を始めていた。彼の手を離れたランタンはそこに落ち、煙を上げていた。それから、あれっ、と思って倒れた体を起こしたときの驚きを忘れることはできない。

　それはラッフルズだったのだ。

　一体全体どうなっているんだ。この人間は時間と空間のルールを消滅させることができるのだろうか？　ぼくの足元にころがっている意識のない肉体は、まぎれもなくラッフルズだった。彼は悪漢の衣装を着てはいたが、この不幸な人物をぼくが知らない訳はなかった。彼の顔はうす汚れ、伸びた赤毛にはしっくいが塗られていた。彼の衣服はロンドンで馬車を追いかけていたときのもので、ブーツに厚い靴下が見えた。頭にはぼくの一撃で血がついていて、ぼくは心配で思わず跪《ひざまず》き、心臓をチェックした。そのときドアの外から例のぜいぜい言う声が聞こえたのである。

「実によくやった！」わが喘息持《ぜんそくも》ちの友人が叫んだ。「すべて聞いていたよ。母に聞こえなかったことを祈るばかりだ。母にだけは内緒にしておきたいからね」

　本当は彼もそのお母さんも罵《のの》りたい気分だった。でも、ラッフルズの心臓に手を当てていて、かすかな鼓動を感じていた。そして、これでよかったのだ、と自分に言い聞かせた。彼の頭に一撃を加えたにせよ、それは彼のせいであって、ぼくが悪い訳ではないのだと。それは彼の性格からくるまちがいであり、秘密主義が生んだもので、これまでぼくが悩まされ続けてきたものなのだ。ぼくを信じていると言いながら、実は信じていないからこうなる。英国を代表して試合をしながら、一方でこっそりぼくのやることをスパイしているではないか。その結果がこうなったのだ、と自分に言い聞かせていた。

「死んだのか？」喘息持《ぜんそくも》ちが冷たい声で尋ねた。

「いや、死んではいない」ぼくは努めて怒りを表わさないように努力しながら答えた。

「君はかなり強烈なパンチを食らわしたと見えるな」若いメドリコットは言った。「でも多分最初に君のが当たったのがよかったんだ。よくやったよ、もしこれが彼の武器だとしたらね——」そう言って彼は、ラッフルズがその犠牲になった小さなブラックジャックを拾い上げた。

「お願いがあるんだけどね」ぼくはしゃがんだまま言った。「彼は死んでいないし、いつ息を吹き返すかわからない。相当に強そうだし、君の手には負えないだろう。でも、君の言っていた警官が近くにいるんだろう？　もしできたら呼んできてもらえないだろうか？」

「ぼくは前よりはすこしよくなった感じだが、それはちょっと——」彼はやや疑わしげに、そう言った。「興奮したためによくなったのかも知れないが——。でももしぼくがピストルを持ってここで見張っていられれば、逃げないようにできると思うよ」

ぼくは微笑を浮かべながら首を横に振った。「それはちょっと無理だろうなあ」ぼくは言った。「その場合できることは、やはり手錠をかけて朝まで待つということかな。でも暴れるチャンスがあれば、決しておとなしくはしていないだろう」

若いメドリコットは二階を見上げた。ぼくはじろじろ見ることはしなかったが、彼が何を考えているかは分かっていた。

「ぼくは行くよ」彼は早口にそう言った。「母が気づいて死ぬほど驚く前に、上に行くことにしよう。君にはいろいろお世話になった。ぼくの世話をしてもらった上にこれだからね。おまけに君のことを誤解したりして本当にすまなかった。ぼくがこうしていられるのも、君のおかげだ。だから君の言う通りに、ここは君に任せて元気なうちに上に行こう。また、例のぜいぜいが始まらないうちにね――」

この人のいい男が、警備員と盗賊をしっかりと見てきびすを返すまで、ぼくはほとんど彼の方は見なかった。しかし、ドアのところに立って彼が角を曲がり、姿を消すのを確認した。それから部屋に戻ってくると、ラッフルズが床にあぐらをかいて座っていた。彼はゆっくりと頭をさすり、血を拭《ぬぐ》った。

「バニーじゃないか」彼は唸《うな》った。「わが親友のバニーだな?」

「何だ、気絶していたんじゃなかったのか?」ぼくは叫んだ。「まったくね」

「もちろん気絶はしたさ」彼はつぶやいた。「ぼくをぶん殴らなかったとしても、感謝はしないがね。でも君はぼくをよく見ていないんだよ。ぼくに口をきくチャンスを与えなかっただけさ。でも君はすごくうまくやってくれた。あの〈ぜいぜい君〉を上手に扱ってくれたおかげで、君と腕を組んで堂々と出て行ける。われわれは稼いだ上に逃げることができる訳だ」

彼はこう言いながらすでに起き上がっていて、ぼくは彼のあとを追ってドアを通り、庭に出て行った。そこで彼はランタンを消してぼくに渡すと、暗闇《くらやみ》の中で鍵《かぎ》をまさぐっていた。やがて探し当てた鍵でラッフルズは家のドアに鍵をかけ、庭を出る際にも庭の門にきちんと鍵をかけた。やがて路地に出て、橋を渡り、その上から問題の家を眺めたのだが、それはまことに平和な眺めだった。

でも、ラッフルズはこの橋の一方の端から下に潜って、外套《インバネス》やオペラハット（ばねじかけで、平らに折り畳める）など、あの家に向かう前に隠しておいた衣装を取り出したときも、ぼくは驚かなかった。彼は厚い靴下を脱ぎ捨て、夜の正装のズボンを履き、その間、川の水で血痕《けっこん》を洗い流し、たちまちきちんとした紳士のラッフルズができ上がった。そしてラッフルズは、ぼくに警備員の外《がい》套《とう》を脱がせて、流行のスカーフを首に巻いてくれた。

「これでもう捕まる心配はない」と彼は言った。「サービントン駅発三時十二分の列車に乗ればいいのだ。もし、別々に行動したほうがよければそれでもいい。でもその必要はないんだよ。ただぼくにも、あの喘息持ちがどうなったかは心配だがね――」

実はぼくも彼がどうなったかは心配で、その後新聞で彼の消息を知ったのである。彼はわれわれを追おうとしたが、通常鍵などかけていないドアに鍵がかかっていて、それを探すのに時間がかかったらしい。そのうちにまた発作で動けなくなったのだ。彼はぼくの容貌《ようぼう》や服装を詳しく記者に話していた。

ぼくは今回の冒険に関しては、いろいろと悩むことになった。まず、ぼくは自分の代役としての任務がまったくの失敗に終わっていた。自分の友人を危うく殺すところだったのだ。しかも自分に感謝をしてくれ、信じてくれた人間を裏切る結果になった。そのため憎まれてしまったことは否定できない。すべてぼくのせいとは言わないが、ぼくの弱さがこの結果を招いたことは確かである。ラッフルズはマンチェスターから三百キロも汽車に乗って、ぼくの弱さを証明しにきてくれたのだ。だから、サービントン駅に向かって歩いていくときも、ぼくはじっと黙っていた。彼のちょっとした冗談にもほとんど答えられなかった。彼はぼくの体に腕を巻きつけてくれたが、ぼくのプライドはずたずたに傷ついていた。

「バニー、まあ聞いてくれよ」彼は遂にこう言った。「本当のところ、一番傷ついたのは、ぼくだと思うよ。そしてぼくには苦しむだけの理由があるのだ。君はぼくを殴ったし、まだぼくの髪の毛は血で張りついている。明日どんな試合をすればいいか、まだ分からない。むろん、ぼくは君を責めないし、責められるべきはぼく自身だ。もし許してくれなくても、それは仕方がない。ぼくは過ちを犯した。でもね、これは君のためなのだ」

「ぼくのためだって？」ぼくは苦々しげに言い返した。

ラッフルズは寛大だった。彼はぼくの口調を無視した。

「確かに、君にとって今夜は悲惨だった。正直に言ってみじめだった」彼はそう続けた。「君が痛めつけられている、という想像を頭の中から消し去ることができなかった。君の決断を信じなかったのではなく、君の決断がぼくを震えさせたのだ。君が心配で仕方がなかったた。ぼくが試合中走者に出て欲しいと思われている瞬間にすら、君のことが頭から離れなかったのだ。あえて走者になったのも、むしろそのためだと言ってもいい。新聞で読んだと思うがね、この回《イニング》はぼくの活躍が脚光を浴びる回になった」

「そうだね」ぼくは言った。「回の終わりは特にすごかったね。でも同じ君とは信じられないよ。もう一人ラッフルズがいるんじゃない？」

本当にそのときは信じられない、と思った。

「君は新聞を注意深く読んでいないのだろうね」ラッフルズが初めて気分を害したような口調で言った。「五時前に試合が終わったのは、本当は雨のせいだったのだ。ロンドンは蒸し暑かったようだが、われわれのいたマンチェスターでは夕立ちで、グランドが十分近くも水浸しになったのだ。あんなのは生まれて初めて見たよ。あれでは投球なんてとてもできない。ホテルに戻る間、ぼくは誰にも口をきかずに君のことばかり考えていたんだ。まあ何回か迷ったのだが、結局は駅に行く馬車に乗っていた。幸い食堂車が空いていた。ぼくのやったことの中で、今回のが一番ばかだったとも言えないが――」

「いや、一番すばらしかったよ」ぼくは低い声で言った。ぼくとしてはもっと褒めてもいいという気分になっていた。試合が早く終わったので、ぼくのところに駆けつけてくれたのはこの駿足《しゅんそく》のせいだ、と彼の足を見ながら思っていた。

「マンチェスターでみんなが何を言っているか分からんがね。でも言わせておけばいいのだよ。彼等の知ったことではないからね。ぼくは試合が中止になったあとで出てきたのだし、明日開始するときにはちゃんといるんだからね。ウォータールー駅には三時三十分に着く。それからオーバニーのわが家に戻ってユーストン駅を出るまでに一時間ある。オールド・トラフォードに戻って試合開始まで一時間の余裕があるんだ。どこが悪い？　もし試合でへまをすれば問題だが、ちゃんとやれればいい。まあ夕立ちの翌日は日が照るだろう。でもフィールドが濡《ぬ》れている間に、ぼくが投げれば有利に立てるだろう」

「ぼくも一緒に行くよ――」とぼくは言った。「そして、君を見たいよ」

「そうくると思ったよ」ラッフルズは答えた。「ぼくの君に対する感じ方もまったく同じさ。君を見たい、これに尽きる。君が縛られていたら、助けてあげられる。第一、ぼくの方が現場をよく知っているんだからね。だから行けるとなったら行きたかった。しかも君に知らせずにね。もし、すべてが計画通り問題なく進んでいたら、そのまま知らせずに戻ってくるつもりだった。君はぼくが近くにいたなんて夢にも思わないだろうからね。見に行った事実は黙って墓場まで持っていくつもりだった。ぼくはウォータールー駅で君を見つけて尾《つ》けて行ったのだ。だからイーシャー駅で降りてから、君は何となく尾けられていることに気づいただろう。何回か立ち止まったよね。二回目に立ち止まったとき、ぼくは尾けるのをやめてインバーコートの脇《わき》を通る近道をしたのさ。橋の下に外套《インバネス》と帽子を隠してね。だから、ぼくの方が先にあの家の庭に着いていた。君が悠々とサリバン・タバコを吹かすのを見て、誇らしげに思ったよ。でもあんなことは二度としてはいけないよ。君と二階の男の会話もほとんど聞いた。あるところまで、君のやったことは完璧《かんぺき》だった——」

夏の夜が白み始めている中で駅の明かりが見えた。その明かりが増し、目の前に現われるまでぼくは黙っていた。

「君はぼくがどの時点で間違えたと思う?」ぼくが尋ねた。

「とにかく、誘われて家に入ったことだ」ラッフルズが言った。「もし、ぼくが君だったとしても、家に入っていたら同じ結果になっただろう。あの容態の男を前にしたらああする以外なかったろうからね。だから、君のやったことは尊敬に値するよ。もし、これが君に対する慰めになるのならね——」

慰めか、でもそれは血管を流れるワインであった。そしてラッフルズが本気でそう言っていることも分かった。ぼくの顔にも勇気の色が戻ってきた。ぼくはもう今夜のことを後悔するのはやめにした。本当のところぼくの行動は正しかったと確信できた。そしてラッフルズもそう思ってくれているのだ。彼はぼくの考えを全部変えることに成功した、今夜の一件についてだけだが——。でも彼が許してくれて、ぼくが許せないことが一つだけあった。それは彼の頭に残る傷で、これは汽車に乗っている間も、ぼくを苛《さいな》んだのである。

「でもね、ぼくがやったことを思いだすとね」ぼくは唸《うな》った。「あの男にとっても最悪の夜だっただろうが、われわれにとっても最悪だったのではないかな——」

ラッフルズはわれわれだけが占有できた一等車の個室で、明るい光を浴びて微笑《ほほえ》みながら言った。「ぼくはそう思わないよ。もっと悪くなった可能性もあるし——」

「君はあれで何か仕事をしたと言うのかい？」

「もちろんだよ、バニー」ラッフルズは答えた。「ぼくがどれだけ長いことこれを計画してきたか知っているだろう？　だから、君に代役を頼まなければならなくなったときはショックだった。どんな遠いところにいても、可能なら君のやることを見たかったのさ。さっきも言ったようにぼくが君だったら、多分同じ結果になっただろう。でも幸いにぼくは君でなかった。両手は自由だったのだ。不幸なことに大部分の宝石はハネムーン旅行にカップルと一緒に行ってしまっていた。でもエメラルドのカフスボタンはあった。それから、なぜ花嫁がこのダイヤの櫛《くし》を置いて行ったのかわからない。それからこの銀の串《くし》ね、これはぼくが長いこと欲しかったものなのだ。これですごいペーパーナイフを作れる。それからこの金のシガレットケース、これには君が短い方のサリバンを入れればいい」

ラッフルズがクッションの上に並べて見せたのはむろんこれだけではない。でもぼくが本当にこのとき興味を持っていたのは、翌朝以降の、ラッフルズの交流試合での活躍ぶりだったことは言うまでもない。

第七話　ラッフルズ、罠におちる —— A Trap to Catch a Cracksman

　ぼくが眠りかかって明かりを消そうとしていると、隣の部屋でけたたましい警鐘のように電話が鳴り出した。ぼくは飛び起き、眠気を帯びたままベッドを抜け出し、電話のところに走っていった。午前一時だった。ぼくはその夜、大酒飲みのモリソンと彼のクラブで食事をして戻ったばかりだった。

「もしもし」

「バニーかい？」

「そうだ。——ラッフルズだよね」

「ぼくでなくて誰だというんだ。今直ぐに君にきて欲しいんだよ——早く」

電話線を伝わって、彼の心配そうな、いらいらが伝わってきた。

「一体全体、何が起こったんだい！」

「聞かないでくれよ。君には分かるまい――」

「すぐ行くよ。そこにいるんだね、ラッフルズ？」

「何だって？」

「そこにいるのか、と聞いているんだ」

「ああ」

「オーバニーにいるんだな？」

「違うよ。マガイアのところさ」

「そんなこと知らないよ。マガイアのどこなんだ？」

「ハーフムーン・ストリートにある――」

「ああ、分かった。で、彼はそこにいるのか？」

「いや、まだ帰ってきてない。ぼくは捕まっているんだ」

「捕まった？」

「彼が自慢していた罠《わな》にかかったんだ。ぼくを捕まえるためのね――。信じられないんだが、ついに――ぼくは――かかった――のだ」

「彼は毎晩罠を仕掛けていると言っていたな。それでラッフルズ、どんな罠なのだね？

ぼくはどうすればいいんだ？　何を持っていったらいい？」

しかし、彼の声は答える度に次第にかぼそく、弱々しくなっていた。ぼくは繰り返し彼がまだ受話器のところにいるのかと聞いたが、聞こえてくるのは電話線の金属的な雑音だけだった。ぼくは黙って壁を見つめていた。すると、うめきが聞こえた途端に、どさっという人間のからだが床に倒れる音が聞こえた。

恐慌を来したぼくは寝室に戻ると、大急ぎでそこに脱ぎ捨ててあったしわくちゃのシャツと夜会服を着た。次に何をしたのか覚えていないが、後に分かったことでは、ネクタイを取り出してちゃんと結んでいた。でも考え続けていたことは、ラッフルズが恐ろしい罠にかかっていることだった。そしてあの怪物が彼を痛めつけ、容赦なく殴っている光景だった。鏡には正装したぼくが映っていたが、心の目は恐るべきボクサーとして知られた悪名高きバーニー・マガイアの姿を見ていたのだ。

帝国ボクシング・クラブでラッフルズとぼくが彼に紹介されたのは、つい一週間前のことだった。アメリカのヘビー級ボクシング・チャンピオンで、まだ勝利の美酒に酔っていて、われわれに新たな挑戦を仕掛けたがっていた。マガイア本人が大西洋を渡ってくる前に、その悪評は届いていた。気取ったホテルは門を閉ざし、彼を泊めなかった。そこで彼はハーフムーン・ストリートに家を借りて、豪華な家具をしつらえたのである。ラッフルズはこのすばらしい野獣と友達になったが、ぼくは彼のダイヤのカフスボタンや、宝石をちりばめた時計、十八カラットの腕輪などに恐れをなしていた。特に十五センチもある下あごには――。ぼくはラッフルズが、こうした金ぴかの装飾品や派手なファッションを賞賛し、ある種の意図を持ってこれらをじっと眺めているのを見て、心の中では震えていた。そして彼についてその家に行き、彼の獲得してきた数々のトロフィーを見たとき、ぼくは虎《とら》の穴に入りこんだような気がしたのである。でもその穴は驚くべき所であって、すばらしいアンティーク風の家具を使って、隅々まできちんと整備されていた。

陳列されたトロフィーもわれわれをうならせるに足るものだった。精緻《せいち》を極めた細工のすばらしさは目を見張るものだったし、それは大西洋のこちら側でも十分通用した。われわれは許しを得て、ネヴァダ州から贈られたダイヤ入りのベルトや、サクラメント市民から贈られた黄金のレンガ、ニューヨークのフィスティカフ・クラブが贈った純銀製の彼の彫像に触《な》《ぐ》《り》《あ》《い》れることができた。ぼくはそこでラッフルズが、こんな物を置いていて泥棒が怖くありませんか、と聞いたのを覚えている。その時、マガイアはどんな賢い泥棒でも生け捕ることのできる罠《わな》を仕掛けてあると言ったのだ。でも、それが何であるかを聞いても、絶対に教えてはくれなかった。ぼくはそのとき、カーテンの陰に隠れているヘビー級のチャンピオンほど恐ろしい罠はないな、と思っていた。でもそのときラッフルズが、彼の自慢を挑戦と受け取ったことはよく理解できる。後に、ぼくが彼の決心をばかげているとなじったときも、ラッフルズは否定しなかった。ただ、この挑戦にぼくを参加させろと言ったとき、断固拒否しただけだ。でもついにぼくに助けを求めてきたことには、いささかの満足感を得た。あれほど恐ろしい、どさっという音を聞かなかったら、彼がこの夜やったことに対して「それみたことか」という感じすら持ったかもしれない。

バーニー・マガイアはこの二十四時間の間にイギリスにおける最初の試合をこなしたはずだった。明らかに彼はもはや、試合の前に入念なトレーニングを必要とする段階のボクサーではなく、ぼくの聞いたかぎりでは、普通の生活をしているはずだった。特に自分自身や、その財産に気を配ることもないはずだ。むしろ、酒色に耽《ふけ》っているだろうとラッフルズが読んだのも無理はない。それにしても、あのどさっという音は何なのだろう？　チャンピオン自身が反撃を受けてしまったのか？　でもラッフルズがそれをやったのなら、電話が切れてしまったのはおかしい――。

それにしても――一体全体――何が起こったというのか？　着替えをし、二輪馬車でハーフムーン・ストリートに向かう間中、さまざまな情景を想像しながら、このような自問自答を繰り返していた。答えよりも問いの方が多かったが。ご存じのように危機が訪れても、人間どうしていいか分からないのがふつうだ。まあこうなったら、当たって砕ける以外にないという結論に達しながら、あのボクサーの家に着いたのである。

とはいうものの、ドアが開いたときに何というかは考えた。まあ、状況から考えるとバーニー・マガイアの不意打ちを食らってひっくり返った、という公算が強い訳だから、ラッフルズとぼくが賭《か》けをしたことにした。ラッフルズはマガイアの罠《わな》にはかからない、と言い、ぼくはかかると言って、その結果がどうなったかを見にきたのだと言うことにした。ラッフルズから電話があったことは、言うべきかどうかまだ決心がつかなかった。万一マガイアが帰っていない場合には、とにかくベルを鳴らせば使用人が出るだろうから、ラッフルズを救出すればいいと思った。

しかし、ベルを鳴らし続けたが応答はなかった。玄関は暗いままだった。でも郵便受けの隙間《すきま》から覗《のぞ》くと、後ろの部屋から洩れるかすかな明かりが見えた。それは、マガイアがトロフィーなどを飾っていた部屋である。むろん罠もその部屋に仕掛けてあるに違いなかった。家の中はしんとしていた。ぼくが着替えて駆けつけた二十分の間に、侵入者をヴァイン通りの警察に突き出したのだろうか？　この恐ろしい考えに逆らいながら、ぼくはもう一度ベルを鳴らしてみた。

一台の四輪馬車がピカデリーの方からやってきて、驚いたことに、郵便受けを覗き込んでいるぼくの後ろで停まった。そして、あのボクサーと二人の連れが馬車から降り立ったのである。ぼくは振り向き、三人の視線を浴びる結果となった。かのボクサーはぼくが試合前に見たときは堂々としていて、自信たっぷりだったが、今見る彼は目の回りが黒くなり、唇は腫《は》れ上がり、耳には包帯が巻かれていた。連れはボクシング・クラブで会ったことのある、小柄なマガイアのアメリカ人秘書と、派手なスパンコールつきのブラウスをきらめかした大柄な女性の二人だった。

バーニー・マガイアはぼくを見て、誰だ、と言い、ここで何をしているのだ、と聞いた。幸いぼくは、その夜モリソンがクラブの夕食に招いてくれていたので、夜の正装をしていた上に、アルコールが十分入っていたから、堂々と対応できた。

「ラッフルズを覚えているでしょう」ぼくは悠然と言った。「あなたがトロフィーを見せてくれたときに一緒だった者ですよ。あなたは、試合が終わったら昼でも夜でも会おうと言ってくれたじゃないですか?」

ぼくはそこで、ラッフルズがぼくより先に伺っているはずだ、というつもりだった。そして、例の泥棒の罠に関する賭けの話をしようとした。しかし、それをマガイアがさえぎり、恐ろしい力でぼくの腕を摑《つか》んだのである。

「分かった!」彼は叫んだ。「最初は君を泥棒の一人だと思ったのだ。でもやっと思い出した。しゃべっているのを聞いていたら思い出したのだ。まあ入ってくれよ。一杯やろう」

秘書が鍵《かぎ》を出してドアを開けた。奥の部屋の明かりが洩れ、急な階段と手すりを照らし出していた。

「俺の部屋の明かりがついている――」マガイアはそうささやいた。「そしてだ。部屋の鍵がここにあって、出るときには鍵をかけて出たのにドアが開いている。そら、盗賊の話をしただろう？　これはひょっとしたらだ！　生け捕りにできたかな？　皆さん、そこを動かずにいて欲しい。まず、俺が見るから――」

図体のでかい男はそう言うと、サーカスの象のように、抜き足差し足ドアに近づいていった。左手のこぶしは握られ、頭を低くしてボクシングのかまえをしながら――。次の瞬間こぶしは開かれ、ドアが大きく開いて高らかな笑いが響いた。

「もうきてよい」彼は三人に向かって首を振った。「きて見てくれよ。憐《あわ》れなるイギリスの泥棒君がカーペットの上に寝転んでいる姿を。ばっちりと生け捕りになっている」

それをどんな気持ちでぼくが見たかは、ご想像にまかせるとしよう。血色の悪い秘書が入り、スパンコールをつけた女性がそれに続いた。ぼくが最後で、まだ閉じてなかった玄関のドアを閉め、それから中に入った。そして、ラッソルズが横たわっている傍に立つことになった。

「まったく汚らしい泥棒だね！」マガイアが言っている。「ニューヨークで言えばバワリー街の不良といったところかな。この汚い顔にはパンチを浴びせる気分にもならないね。でかいブーツでも履いていれば、上で踊って止《とど》めを刺してやってもいいが」

ぼくはようやく、その座の一員としてラッフルズを見下ろすことになった。顔は真っ黒に汚してあり、着ている服はいつもラッフルズが仕事に使う物よりも古く、ひどく痛んでいた。最初はぼくですらラッフルズと分からなかったぐらいだ。でもぼくは電話で倒れる音を聞いていたし、ぼろ布には確かに見覚えがあり、体の上には電話の受話器が転がっていた。

「この男をご存じでしょうか?」ぼくが身をかがめて見ていると、小柄な秘書が聞いた。

「いや、知りませんね。ただ、死んでいるかどうか確かめたかったのでね」ぼくは、これが確かにラッフルズで気を失っているだけだと分かったので、そう答えた。

「でも一体何が起こったのでしょうね?」ぼくは代わりにそう尋ねた。

「それを私も知りたいと思っていたの――」スパンコールの女性が、あまり意味もないことをしゃべりまくった挙句にそう言った。

「まあその件は――」と秘書が言った。「マガイアさんが説明されると思いますよ。大変お喜びのご様子ですから」

でもバーニーはペルシャ製の絨毯《じゅうたん》の上に立って、勝利の感激と喜びに浸っていたので、ことばにはならなかった。その部屋は、異国的なデザインと燻《いぶ》した樫材《かしざい》で見事な書斎に仕立てられていた。バーニー・マガイアは独特の物言いと特色のあるあごを除けばどこといって特徴はなかったが、一度訪れたことのあるこの部屋はちゃんとした設計事務所を使って、驚くほど芸術的に内装が施されていた。スパンコールの女性は丘に上がった鮭《さけ》のように、クラシックな椅子《いす》に腰を下ろしていて、秘書はわざわざ古びさせた鉄の金具を使って骨董品《こっとうひん》らしく見せた机に寄りかかっていた。片隅には品のいい暖炉がしつらえてあり、マガイアの頭の後ろの、焼きものを収納した戸棚のガラス戸はちゃんとした高級品だった。傍らの八角形のテーブルにはウイスキー入りのデカンタが置かれていて、そのそばの酒類を載せる回転式のテーブルにもグラスやデカンタが並んでいた。

「でかしただろう?」チャンピオンはニコニコと血走った目でみなを見回して言った。「この罠《わな》は俺が一人で考えついたものでね、そこにたまたま泥棒がはまったのだ。おい、そこの人覚えているかい? あんたがもう一人のスポーツマンとみえたときに、この話をしたんだよね。今日彼が一緒でなくて残念だ。あれはいい男でね、俺は好きなんだよ。でもあんまり色々聞くものでね、彼は財宝が欲しくなったのかと思ったぐらいだ。さて、そろそろ種明かしをしなければならないな。あのテーブルのデカンタが問題なのだ」

「私もなぜかあれが気になってましたのよ」例の女が言った。「ちょうど一杯飲みたくなっていたし——」

「もうすぐ飲ませてあげるから、ちょっと待てよ――」とマガイアが笑いながら言った。「ただし、あのデカンタの酒を飲んだらね、たちまちこの床の上の男と同じ運命になるんだ」

「何てことだ！」ぼくは腹立ちまぎれにそう叫んでいた。

「簡単なことなのさ」マガイアは血走った目を向けながら言った。「俺が発明した悪漢や泥棒に仕掛けた罠は、ある薬を入れたウイスキーだったのだ。それの入ったデカンタには首に銀色のラベルが巻いてある。ほら、こっちのデカンタには何もついてないだろう。それ以外はウイスキーの色もまったく違わない。味もほとんど違わないが、大きな違いは目を覚まして初めて分かる――。この薬はアメリカ西部のインディアンからもらったものだ。このラベルのついたデカンタは夜だけしか置いてない」そう言って彼はデカンタをテーブルに戻した。「まあ、百人中九十九人の盗賊は仕事をする前に一杯やるものだ。二十人中十九人と言ってもいいかな？」

「それは気がつきませんでした」秘書はラッフルズを見ながら言った。「ところで、トロフィーがやられていないか、チェックされましたか？」

「いや、まだ見ていない」マガイアは一見アンティークに見える戸棚を振り返った。

「これがそうだ、と思うんですが――」

秘書は八角形のテーブルの下に潜って、いつもラッフルズが使っている黒い大きな袋を取り出した。袋は重く、秘書は両手を使ってよいしょとテーブルに抱え上げた。そして、中からまずネバヴァダ州からマガイアに贈られたダイヤ入りのベルトを取り出した。また銀製の彫像や、サクラメント市民の贈った純金のレンガが姿を現わした。

これらを見た途端、マガイアは急に腹が立ったらしく、気を失っているラッフルズを蹴飛《けと》ばし始め、ぼくと秘書が大急ぎで止めた。

「マガイアさん、気を静めてください」小柄な秘書が叫んだ。「気を失っているし、倒れているんですから」

「もし意識を戻して起きられれば幸運さ」

「それは、警察に電話する際に試しましょう」

「電話は俺がやってからにしてくれ。まず意識が戻るまで待つんだ。それから俺がパンチを食らわしてジャムのようにしてやる。折れた歯を血とともに飲み込ませるんだ」

「あなたの言うことを聞いていたら、気分が悪くなったわ――」椅子《いす》の女性がそう言った。「わたしに何か飲み物を下さいな。毒入りでないのをね」

「自分で勝手にやればいいさ」マガイアは不機嫌そうに言った。「しばらく黙っていろよ。ところでこの電話はどうしたのかな?」

秘書が落ちていた受話器を取り上げた。

「思うにですね」と彼が言った。「この悪漢は気を失う前に誰かに電話をしていたんですな」

ぼくは大柄な女性のために、飲み物を注いであげていた。

「ずうずうしい男だな」マガイアがどなった。「でも一体誰に電話したんだろう？」

「それは分かりますよ」秘書が言った。「交換台に電話すれば、どこにかけていたかはすぐに分かります」

「まあ、今はどうでもいい」マガイアは言った。「奴が目を覚まさないうちに、まずわれわれが一杯やろう」

ぼくは内心震えていた。ぼくにはことの重大さが読めていた。もしラッフルズを救出することに成功したとしても、警察は泥棒が電話をかけた相手がぼくであることを知るに違いない。このことを言わないでおけば、結局ぼくの嘘《うそ》がばれることになる。まあ、仮に二人が逮捕されないとしても、だ。ホメロスの神話ではないが、シーラに住む怪物を逃れても、状況証拠で捕まれば、対岸のカリブディスの大渦に巻き込まれてしまう。もしここで沈黙を守ったとしても、安全に逃れられる中間の道はちょっと考えつかなかった。そこで仕方なく、やや向こう見ずな解決法だと思ったが、決死の告白をすることにした。

「彼はぼくに電話しようとしたんじゃないかな？」ぼくは急に思いついたようにそう言った。

「何だって？」マガイアはデカンタを片手に聞き返した。「何で奴が君の電話番号を知っているのだ？」

「あなたはこの人間を知っているのですか？」秘書はぼくの目に錐《きり》のように鋭い視線を浴びせた。

「いや、別に」ぼくは自分の向こう見ずな発言を後悔しながら、こう答えた。「でも誰か一時間ほど前に、ぼくに電話をした人がいるんです。ぼくはラッフルズではないかと思った。ここでラッフルズに会うつもりでしたから。さっき申し上げたように――」

「でもそれがこの悪人とどう結びつくのかわからない」秘書が続けた。その容赦のない視線は深くぼくに突き刺さった。

「それはぼくにも分からない」というのが、ぼくの情けない答えだった。しかし、彼の言葉にはかすかな救いがあり、またマガイアが自分のグラスにどぼどぼと注いだウイスキーの分量も、これで酔ってくれれば、という希望を感じさせた。

「電話はすぐに切れたんですか？」秘書が聞いた。三人は八角形のテーブルを囲んで座っており、秘書はデカンターに手を伸ばしていた。

「そう、すぐに切れたのです」ぼくはそう答えた。「だから、誰がかけてきたのか分からない。いや、ぼくは要りません。飲み物は結構です――」

「何だって！」マガイアは椅子《いす》の背にもたせかけていた頭を突然上げて、叫んだ。「俺の家の酒が飲めないというのか！　しっかりしろよ、おい。だらしがないぞ」

「でもぼくは今夜、食事に招かれていたもので――」ぼくは説得するように言った。「すでに十分に飲んだのです。本当なんです」

バーニー・マガイアは恐ろしい勢いでテーブルを叩《たた》いた。「俺はおまえが気に入ったから言っているんだ」彼は言った。「そんなことを言うと、嫌いになっちまうぞ」

「分かりました。分かりました」ぼくは大急ぎで言った。「では、ワン・フィンガーだけいただきます」

秘書はグラスの酒がツー・フィンガーにならないよう、助けてくれた。

「でも何だってそれがラッフルズだと思ったのですか？」

またありがたくない蒸し返し方をしながら聞いた。マガイアはそこで「全部飲めよ！」とどなったが、そこでぐにゃりと頭を下げた。

「ぼくは半分眠っていたものですから」と答えた。「そして、頭に浮かんだのが彼の名前だったんです。われわれは年中電話をかけ合っていますし、それに賭《か》けをして――」

ぼくはグラスを口のところまで持っていったが、そのまま口をつけずにテーブルに戻すことに成功した。マガイアの長いあごは、はだけたシャツにだらりと埋まっていた。また派手な女性は椅子の中で眠りこけていた。

「何の賭《か》けですか？」突然、秘書の声がした。彼はちょうどグラスを飲み干したところで、目をしばたたかせていた。

「実はそれについてご説明しようとしていたのです」ぼくは、秘書を注意深く眺めながらそう言った。「ぼくはここに泥棒を捕える罠《わな》がある、と言い、ラッフルズはそれは違うものだ、と言ったのです。二人ともこれについては激しい議論をしました。ぼくは罠だと言い、ラッフルズはいや違う、と言い合ったわけです。まあ、これはいわゆる罠でなかったから、ラッフルズが勝ったことになります。でもまあ結構なことには、全員が罠にかかったことになります。ぼくを除けばね――」

最後の部分は小さな声で言ったのだが、これはもう声を上げてもよかったのだ。ぼくは同じことを何回も何回も繰り返し、その結果秘書が目を覚ますかどうか確かめていたのだ。彼はテーブルに頭を投げ出してしまい、ぴくりとも動かなくなった。頭の下に彼の腕を枕代わりに敷いてやったが、目覚めることはなかった。そしてマガイアは上体は起こしたままだが、頭は力を失って胸に垂れていたし、先の女は素敵な椅子《いす》に沈み込んでいた。三人に共通することは、正体をなくしてぐっすりと眠っていることだった。何でこうなったのかは分からなかったが、この部屋で目覚めているのは、ぼく一人になったのだ。

そこでぼくはラッフルズに注意を向けることにした。ラッフルズも敵同様にぐっすり眠っているると思っていた。軽くゆすってみたが、目を覚まさなかった。そこで少し乱暴に揺すってみた。すると口を動かしたので、腕を握って刺激してみた。すると訳の分からぬことを言う。これを繰り返しているうちに、遂に目を開きぼくを認識したのだった。

「バニー！」彼は大きなあくびをした。それから、意識が戻るにはまだ時間がかかった。

「きてくれたんだね」

愛情のこもった言い方にぼくは心が震えた。

「きてくれると信じていたよ。で、彼等はどうなんだ。そろそろくるころだと思うがね」

「彼等はもういるよ、ラッフルズ」

ぼくはそうささやいた。彼はそこで身を起こし、意識不明の三人組を見たのである。

ラッフルズはこれを見ても、ぼくが予想したほどには驚かなかった。それればかりか、彼はことが思う通りに運んだときにするあの笑顔を見せたのである。明らかにこの状況は、ラッフルズにとっては予想されたパズルだったのだ。

「彼等はどのくらい飲んでくれたんだい？」というのが、彼の質問だった。

「マガイアは優にトリプルかな。あとの二人はダブルというところだ」

「それなら大声でしゃべっても大丈夫だ。足音をさせても平気だね。あ痛！　夢の中であばら骨を蹴《け》られたと思ったのだが、あれは本当だったのだ」

彼は手をついて起き上がり、眠っている三人を見た。

「君を蹴《け》ったのが誰だかわかるだろう」

ぼくは言った。「けだものは十分に毒を飲んだよ」

そう言いながら、もっとも獰猛《どうもう》な男の麻痺《まひ》した顔に拳《こぶし》を当てた。

「まあ、医者でも呼ばないかぎりは、少なくとも正午ごろまで目覚めることはないだろうね」とラッフルズが言った。「今われわれが起こそうとしても絶対に無理だと思うよ。ぼくがこの恐るべき液体をどのくらい飲んだと思う？　小さじ一杯ぐらいなのだよ。何であるかは想像できていた。でも試してみる欲望に勝てなかったのだ。満足した瞬間にラベルを取り替えて、デカンタの置き場所を交換した。隠れて彼等の状態を観察するつもりだった。でも、次の瞬間目を開いていられなくなった。ぼくはかなりよく効く毒物にやられたことを悟った。この状態で家を出ていくことは不可能だった。ブツは置いていかねばならないしね、道端の溝で発見されるのが関の山だ。どちらにしてもいいことはない」

「そこで、ぼくに電話した訳か？」

「まあ、最後の直感というかね。頭脳が活動を停止する直前に見せた最後のひらめきというか。でも、ほとんど覚えていない。半分以上眠っていたからね」

「そのように聞こえたよ、ラッフルズ。そう言われてみるとよく分かる」

「自分の言ったことばすら覚えていない。最後に何をしゃべったのかもね」

「終わりになる前に。どさっと倒れた」

「それが電話で聞こえたのか?」

「同じ部屋にいるように聞こえた。でもなぜ倒れたか分からなかったから、もしかしたらあのマガイアが君をぶん殴って倒したのかと思ったのさ」

このときほどラッフルズが感心するのを見たことがない。でも彼の微笑は少し変わって、ぼくの手を握ってくれた。

「そう思ってもきてくれたのは嬉《うれ》しいね。ことによったらバーニー・マガイアと戦わなければいけない、というのに。君はまさに巨人殺しのジャックだよ」

「まあ。運がよかったというか、ぼくは君も知っている大酒飲みのモリソンと彼のクラブで食事をしていたのでね、正装を脱いだばかりだったし、大いに飲んで気が大きくなっていたんだ」

ラッフルズは頭をゆすった。彼の目には感謝の光がたたえられていた。

「君がどれだけ飲んでいたって、問題はそんなことではない。君には常に勇気があるという証拠さ。ぼくはそれを疑わなかった。これからだってね。とにかく、この苦境から逃れなければ――」

この言葉を聞いてぼくは頭を垂れ、心が沈むのを感じた。ぼくは自分自身には苦境は脱したと言い聞かせたし、あとはここを出ていくだけで、それはいとも簡単なことだと――。しかし、ぼくがラッフルズを見、彼がぼくを見返し、三人の意識不明の人間が眠っているのを見たとき、われわれの未来に横たわっている問題に気づいたのだ。それはラッフルズが意識を回復する前に気づいていたジレンマだった。でもラッフルズが正常な意識を回復したとあっては、解決は彼にまかせようと思っていた。むろん、それが恥じるべきことであることは分かっていたが――。

「もし、単純にここから出ていけば」とラッフルズは言った。「君はぼくの共犯者として捕まるだろうね。その結果、主犯がぼくであることはすぐ分かる。二人がまったく関係ないとされるか、二人が共犯になるか、どちらかだ。ぼくがまず捕まることもあり得る」

ぼくはラッフルズについてはそうでない場合も考えられても、ぼくについては自明の理だと思った。

「ぼくはただ出て行くこともできる」ラッフルズが続けた。「単純な家宅侵入者であり、それが逃げたということになるのだ。彼等はそれがぼくであることは知らないのだからね。でも君のことは知ってしまった。どうやって君がぼくを助けにやってきたのか？　そこがポイントだ。彼等が全部倒れたあとで何が起こったのか？」

ラッフルズは小説家が話の筋を考えるように、しばらく思索に耽《ふけ》っていた。突然その目に光が宿った。

「わかったよ、バニー」彼は叫んだ。「君も例の毒を少しだけ飲んだことにするのだ。もちろん、皆と同じほど沢山ではなくね」

「すごい！」ぼくも叫んだ。「実際彼等はぼくに無理やり飲ませようとしていたんだ。ぼくは拒否していたが、少しだけ飲んだことにしよう」

「その通り。当然、君が眠っているうちにぼくは目を覚ましていなくなる。金のレンガや銀の彫像やダイヤ入りのベルトも姿を消す。そのあと君は目を覚ます。むろん、少量だから皆より先に目を覚ます。そして、皆を起こそうとするが、目を覚ましてくれない。そうなった場合に、正直者の君ならば、一体どうするだろう？」

「警察に行くだろうね」ぼくは多少疑わしげに、でも話を面白くするためにそう言った。

「そんなときのために電話が引いてあるんだ」とラッフルズは言った。「ぼくが君なら警察に電話するね。そんな憂鬱《ゆううつ》な顔をしなくてもいい。警察官はなかなか立派な人々だよ。君がしなくてはいけないことは、毒入りの餌《えさ》をラクダに食べさせることだ。ぼくが考えるお話は容易に信じられるだろう。でも重要なことは、これには微妙な丸薬が仕込まれているということだ」

ぼくのうなずく顔をラッフルズは真剣に見つめていた。「君がぼくに電話したことを警察は見つけるだろうか？」

「たぶんね」ラッフルズは言った。「受話器をもとに戻しておくがね。でも、可能性はあるね」

「多分警察はその事実を摑《つか》むと思うよ」ぼくは不安そうに言った。「それに類することは話題になっていたんだ。君は受話器を戻すどころか、君の上に転がっていた。そしてあのけだものは電話をだれにかけていたのかを問題にしたので、ぼくは自分にかけていたかもしれないと言ってしまったんだ。しかも、かけたのはラッフルズかもしれないと言ってしまった」

「まさか！」

「仕方がなかったんだ。確かに彼等は倒れているのが君だとは気づかなかった。そこでぼくは、君とマガイアの罠《わな》が本当かどうかの賭《か》けをした、という話を作り出した。ラッフルズ、ぼくがどうやってここに入ったかという顚末《てんまつ》を話してなかったが、ぼくは賭けのせいで君がこの家に先にきているかもしれない、と思っていたと言ったのだ。というのは、彼等が君を見分けることを予想していたからね。でも、おかげで電話がその話にぴったりはまることになったのだ」

「それは考えておくべきだった」ラッフルズはつぶやいた。その口調はぼくの発言に力を与えてくれた。「ぼくが君の立場だったとしても、そううまくはできなかっただろう。君にしては実によくやった、と言うべきだな。ただし、この筋書を解決するにはかなりいろいろなことをしなければならないし、時間もかかる」

ぼくは黙って時計を出し、それをラッフルズに見せた。午前三時だった。それは三月も末に近いころのことだった。あと一時間もすれば、通りには薄明かりが差してくるだろう。ラッフルズはそれを見て突然身を起こし、決断した。

「大切なことはね、バニー」彼は言った。「お互いを信じることだ。仕事を振り分けるとしよう。君は警察に電話をすればいい。あとはぼくがやる」

「彼等はぼくのような男に泥棒が電話した、と思うよね、それに対する説明を考えついたのかい?」

「まだだ。でも思いつくだろう。まあ、一日か二日の余裕はあると思うよ。でもいずれにしても君は説明しなくていい。もし君がやるとたちまち疑われる」

「ぼくもそうだと思う」ぼくは同意した。

「だとしたら、ぼくを信じていて欲しい。朝までに無理だとしても、必要になる前には思いつく。君を裏切ることはしないよ、バニー。絶対に君を失望させることはないと誓うよ」

それで満足した。ぼくは黙って彼の手を握った。それからラッフルズが二階に盗みに行っている間、三人を見張っていた。ぼくはラッフルズの出て行く音を聞いた。彼は堂々と出ていったのだ。後に彼が話してくれたが、彼が出て行って最初に出くわしたのはパトロール中の巡査だった。ラッフルズは巡査におはようの挨拶《あいさつ》をし、巡査も挨拶を返したという。というのは二階に上がったラッフルズはちゃんと顔や手を洗ってきれいになっていたし、拳闘家《けんとうか》の大きな帽子と毛皮のコートを着ていたから怪しまれることはなかった。大柄なコートの片方のポケットには金のレンガが入っていたし、もう一方には銀の彫像が収まっていたし、腰にはダイヤ入りのベルトが巻かれていたが、この身なりなら警視庁の回りを一巡してもどうということはなかった。

ぼくの役割はこのように興奮する事件のあと、あまり時間が経っていないので、決して容易ではなかった。打ち合わせでは三十分後に行動を起こすことになっていた。この三十分の間にマガイアは椅子《いす》から床にころげ落ちて伸びてしまったが、彼も仲間も目覚めることはなかった。その大きな物音はぼくの心臓に衝撃を与えたが——。

明け方、ぼくの電話通報によってこの家は警官や駆けつけた医師などでごった返すことになった。ぼくは同じ話を何度となく繰り返さなければならなかった。なにしろ犠牲者はだれ一人意識を回復していないので、ぼくの話には疑いの挟みようもなかった。挙句にぼくは自宅に戻ってよいことになり、犯人が逮捕されれば首実験をして欲しいと言われた。その日のうちには犯人が逮捕できるだろうということだった。

ぼくは馬車を拾ってアパートに戻り、門番が馬車に駆け寄ってきてやつれたぼくを助け降ろしてくれた。彼はぼくの顔をしげしげと見て言った。

「あなたのアパートに昨夜賊が入りました」と彼は叫び返した。「持てるものはあたりかまわず持っていったようです」

「ぼくのアパートに泥棒が？」ぼくは驚いて叫んだ。うちにもラッフルズのオーバニー・アパートと同様二、三点の盗品が保管してあったのだ。

「ドアの鍵《かぎ》が破られたのです」門番が言った。「今朝、牛乳配達が見つけたのです。いま巡査がきていますが――」

巡査などにアパートをかき回されてたまるか！　ぼくはエレベーターどころではなく、階段を駆け上がった。巡査は分厚い手帳にエンピツをなめつつ書き込んでいたが、部屋の奥にはまだ入っていないようだった。ぼくは彼を押し退けて貴重品をしまっておいた衣装棚に飛んで行った。特別の鍵をかけておいたのだが、それも破られていて、引き出しも空っぽだった。

「何か貴重品がなくなっていますか？」ずうずうしい巡査が後ろから聞いた。「わが家に代々伝わっている銀器がやられている」

ぼくはそう答えた。銀器は本当だが、伝わったのはわが家ではなかった――。

そしてそのとき、ある考えが浮かんだのだ。それ以外の貴重品は盗まれていなかった。

あまり意味のないごみが各部屋にばらまかれていた。ぼくは門番に向き直った。彼の奥さんがアパートの管理人だった。

「早く何とかしてくれ」ぼくは門番にささやいた。「直接ロンドン警視庁に行ってくるから、君の奥さんにアパートを片付けておいてくれるように頼んでくれないか？　そして、壊れた鍵《かぎ》を新しいのと取り替えるように言ってね。今すぐに出かけるから」

そう言い終わるや飛び出して二輪馬車を呼び停めた。でも行き先は警視庁でなくピカデリーだった。

ラッフルズはドアを開けてぼくを入れてくれた。このときのラッフルズほど新鮮で、すがすがしく、機嫌のよい姿を見たことがない。もしもぼくがペンで描写するのでなく、画家がラッフルズの肖像画を描くとしたら、この三月の輝ける朝に見た彼を描いて欲しいと思った。オーバニーのドアを開いたのは、スタイルのいい、白髪まじりで、陽気な、春の微風を感じさせるラッフルズだったのだ。

「一体、どういうつもりでやったんだ？」

「あれが唯一の解決法だった」彼はぼくにタバコを渡しながら言った。「あの家を出た途端に思いついたのだ」

「まだ分からないね」

「泥棒はどうして関係のない紳士を電話で呼び出したりするだろうか？」

「それが分からなかったんだ」

「君と別れた瞬間に思いついたのさ。彼は君を呼び出して、盗みに入った訳だ」そう言ってラッフルズはニコニコとぼくの顔を見つめていた。

「でも、どうしてぼくを？」ぼくは尋ねた。「どうして、ぼくが盗まれなければならなかったのかな？」

「われわれは警察官に想像する材料をあげなければならない。しかも、うまく適合する事実が欲しい。マガイアがわれわれを家に連れていったのは真夜中だった。最初に彼に会ったのも帝国ボクシング・クラブだったし、あとの連中に紹介されたのもあのクラブだった。君は彼があそこで自宅に電話して夕食を用意するように言いつけていたのを覚えているね。そして、君と彼は通りを歩きながら電話と財宝の話をしていた。彼はむろんトロフィーが大切なことを話していたし、君も話を合わせるために、銀器の大切なことを話していた。誰か悪い奴がこの話を聞きつけていたらどうなる？　同じ夜に彼と君がトロフィーや銀器を盗まれる事件が起こっても不思議ではない」

「君はそれで問題が解決すると思う訳？」

「その通りだと思うよ。これですべてつじつまが合う」

「ではもう一本タバコをくれないか。それから警視庁に駆けつけるから」

ラッフルズは両手を上げて驚きの表情を見せた。「警視庁だと！」

「ぼくの衣装戸棚の引き出しから君が盗み出したものの、虚偽の申告をしてくるからさ」

「何とすばらしい。もう君に教えるものは残っていないようだ。まあ、傘だろうと何だろうと申告してきてくれたまえ。盗品が回収される見込みはゼロだろうがね」

ラッフルズは言わずもがなのことを言うと、わざわざ下の戸口まで送ってくれ、楽しそうにぼくを送りだしてくれたのである。

第八話　バニーの聖域　——The Spoils of Sacrilege

この事件は本来なら第一冊目の記録『二人で泥棒を』に含まれてしかるべき事件だった。でもぼく個人としてはもっとも恥ずかしい事件で、あまり自慢できる話ではなかった。確かに肝心な部分はラッフルズの機転のおかげだったし、彼の手を煩わした事件ではあったが、大部分はぼくの貧しい頭脳から出てきたアイディアに頼り、これが恥ずかしい結果を生んだのだ。本シリーズに含める話は、もっぱらラッフルズについて記録することを主眼にしたいと思っているので、ぼく自身のお粗末な部分は多少カットしても許されると思う。これはぼくのみが持つ幼時を懐かしむ感傷に支配されて、こともあろうにぼくの旧家に盗みに入る計画を立てたケースだからである。

とはいえ、これ以上自分を責めることはやめたい。ここで言っておかなければならないのは、旧家と言ってもすでにだいぶ昔にぼくの所有を離れて、まったくの他人のものになっていたからである。やや言い訳めくが、ぼくは現在の持ち主に対してあまりよい感情は持っていなかった。彼は屋敷を拡張し、ぼくの記憶に残る実家の雰囲気を変えてしまった。ぼくらが住んでいた家には満足できなかったらしい。その人物は狩猟マニアで、ぼくの父が大切に桃の木などを育てていた温室を取り払い、サラブレッドの廐舎《きゅうしゃ》を建て、全国の品評会で賞を取ったりしていた。英国の南部は美しい温室が名物だったから、それらが廐舎に変わってしまったのを見るのは悲しかった。ぼくは家を離れて以来一度もその家を訪れてはいないが、近くには何度か遊びにいき、幼時をすごした環境を見たいという欲望に駆られた。公道から見たところでは、母屋はそれほどいじってはいないように見えた。

もう一つの言い訳は、まったくぼくにだけしか通用しないものだった。この時期のぼくは、われわれの「犯罪ゲーム」において、ラッフルズに対抗してぼく自身の実績を作りたかったのである。彼はどんな場合でも、分け前は等分にすることに固執していた。でもぼくとしては、自分の分を独自に稼ぎたかったのだ。実際にはピンチが起こったときにぼくが必要になるだけで、成功の原因はすべてラッフルズにあることは明白だった。ぼくとしては、この伝統を一度でも破りたいと思っていたのだ。そして今回はその千載一遇の機会だった。イギリス広しといえども、この家ぐらい隅々まで熟知している家はほかになかった。一度ぐらいぼくが先に立って彼がついてくることがあってもいいではないか。彼がそれを好むか否かは別としてもだ――。彼もこのことは考えたようだ。そしてこのアイディアに賛成したのだ。一度ぐらいぼくに聖域を破らせてもいいと――。ぼくは真剣だったのだが、彼の方は異議を唱えるには、あまりに人がよかっただけかもしれない――。

ぼくは最初から入れ込みすぎていた。記憶を辿《たど》って、旧家の間取り図を描きあげただけでなく、近くに住む友人に頼んで、庭の塀の写真を取り寄せたりした。でもラッフルズはオーバニーのアパートでこれらを見たときには、十分興味を示してくれた。しかし、彼はなぜかこの家が気に入らないようだった。

「一八六〇年代の終わりに建てられた家のようだね」とラッフルズは言った。「でなければ、七〇年代の初めかな――」

「年代はまさにその通りだ」ぼくが答えた。「ちょっとした探偵眼だね。どうして分かったんだ?」

「玄関の上のスレート屋根とそびえる塔を見れば分かる。切り妻屋根のある窓もそうだ。それに鉄の手すりと旗竿《はたざお》ね。まさにあの時代の特色だ。三十年前に建ったこの大きさの家にはすべてこれがある。塔なんて余計な突出物と言えそうだがね――」

「でもわが家の塔は役立たずではなかった」ぼくは温かな記憶を辿りながら言った。「ぼくにとってあの塔は、休日をすごすもっとも聖なる場所だったのだ。ぼくはあそこで、生まれて初めてパイプを吸ったし、初めて詩も書いた」

ラッフルズはぼくの肩に手を置いて言った。「バニー、君は古巣に盗みに入ろうというのだよ。それでいて、家の悪口は聞きたくないんだな」

「それとこれとは違うさ」ぼくは断固として答えた。「あの塔は昔からあったが、ぼくが盗もうとしている人物は居なかったのだ」

「バニー、君は本気でそう言っているんだろうね？」

「ぼく一人でだってやって見せるよ」ぼくははっきりと言った。

「それはないよ。バニー、一人はなしだ――」ラッフルズが笑いながら言った。「でもその人物は、遠路はるばる盗みに行くだけの価値のあるものを持っているんだろうね」

「遠路だって？　ロンドンとブライトンは七十キロと離れていないよ」

「まあ、四十キロも百五十キロも変わらないさ。それでいつやる気なのかい？」

「金曜にしたい」

「バニー、金曜はよくないよ。どうして金曜なんだい？」

「それは今シーズン初めての狩りの日だからさ。あの太っちょのギルマールは毎年立派なチラシを配って狩りの仲間を集めるんだ――」

「その男が君の旧家に住んでいる奴か？」

「そうだ。その挙句にあそこで延々とディナーをやるのさ」ぼくは続けた。「狩りの仲間と乗馬仲間の遊び人どもを集めてね。お祭り騒ぎの連中は賞品の銀杯を取り損なっても、一向にかまわない。その点、ギルマール自身はちゃんと一流の狩りをやってのけてカップを取るのだからね」

「ということは、自慢したいがための狩りというわけだな――」ラッフルズはタバコの煙の中から抜け目なくぼくを見て言った。

「むろん、われわれはそこが狙《ねら》いなのだ」ぼくは彼の口ぶりをまねて言った。「まあ、ギルマールの場合は確実に優勝カップを獲得する。しかも、彼も仲間もそのお祝いに、どんちゃん騒ぎをすることが分かっているんだ。一方、寝室は極めて侵入し易いときている」

「すばらしい！」ラッフルズは叫んで、笑いながら煙を吐き出した。「でもね、ディナーとなれば主人役の女性は、宝石類を身につけて出席するだろうから、二階の寝室にしまっておくことはしないだろう」

「でも全部は身につけられない。結構たくさん持っていると思うよ。しかもこれは普通の夕食会と違ってね、女性はギルマール夫人だけだと思う。彼女はとても魅力的な女性だが――。第一、狐狩《きつねが》りの男どもの間を、魅力的な女性が宝石をたくさんつけて歩き回ったりすると思うのか？」

「まあ、宝石の種類にもよるだろうが——」

「パールのネックレスならつけるかもね」

「それはそうだ」

「それに指輪はする」

「当然だ、バニー」

「でもダイヤのついた髪飾り《ティアラ》となると？」

「彼女は持っているのか？」

「うん。それにエメラルドとダイヤモンドのネックレスを持っている！」

ラッフルズはそれを聞くと口からサリバン・タバコをむしり取った。その目はタバコの先と同様あかあかと燃えていた。

「バニー、本当にそんな宝石があるんだろうね！」

「もちろんだ。彼等が金持ちであることは確かだ。しかも、彼は財産をそっくり廄舎《きゅうしゃ》に注ぎ込むようなばかではない。彼女の宝石は彼の狩りと一緒に近所の話題になっているんだ。ぼくが事前調査に行ったとき友人が教えてくれた。むろん友人は庭の写真と同じように、それが単なるぼくの好奇心だと思ったはずだ。友人の意見ではエメラルドのネックレスだけでも数千ポンドの価値があるということだった」

ラッフルズは両手をこすり、パントマイムのように動かした。

「君があまり根堀り葉堀り聞かなかったことを祈るよ。でも彼等が君の旧友だとしたら、彼等の頭の中ではこの件と君の行動は結びつかないだろう。もし、実行する夜に君が見られなければね。君の行動には十分な注意が必要だ。もしよければ君との分担をぼくが考えよう。そうだな、ぼくは君と別々に行った方がいい。実行するその夜に問題の家の外で出会うのがいいだろう。でも、出会ったあとは君の指図に従うよ――」

こうして、実行プランが次第に固まっていった。むろんそれにはラッフルズのアイディアが、脚光を浴びた芸術家のそれのように、反映されていたことは言うまでもない。彼ほどこうした計画にかけて優秀な人材はなく、危機に際してもその中から勝利を摑《つか》み取る才能に恵まれた人物はいなかった。言葉を変えれば、彼はあらゆる可能性を前もって計算に入れており、どんなに困った事態に立ち至っても、何とか解決する筋書を考えることができたのだ。しかし今回の事件については、庭の門と塀のところまで行ったら、彼の計画を止め、その先はぼくが考え指揮をすることになった。実際にさまざまな器具を使用するときだけはラッフルズがやることを決めたが、その命令もぼくが出すことになっていた。

ぼくは夜会服で夕方の汽車に乗った。でも大きな駅は避けることにして、何キロか南にある小さな駅で降りた。その結果、寂しい道を多少長く歩かなければならなくなった。暖かな夜で、空には星が見えた。ぼくは胸を張って歩いていった。これは変装を必要とする犯罪ではなかったし、ラッフルズには一晩中傍にいてもらえるのだから、気は楽だった。でも彼は目的地に到着するずっと手前の公道でぼくを待っていてくれた。二人は腕を組んで歩いた。

「だいぶ早く着いたんだ」とラッフルズは言った。「そして、狩りの競技を見せてもらった。どんな男かをまず値踏みしておきたかったのでね。問題のギルマールを判断するのに最前列に陣取る必要はなかった。彼は自分の馬には乗らなかった。障害馬術のうまい人はあまりコースを走り回ったりしないのだ。彼は実に堂々としてはいたが、ちょっとトラブルが起こって顔を赤くしていた」

「彼は馬を失くしたのか?」ぼくはニコニコしながら聞いた。

「いや、でも彼等は競技に勝たなかったのだ。仲間達はみんな彼の馬に乗っていた。すばらしい馬だったがみんな悪ガキのような乗り方をしていた。そして幸運からは見放されていたな。彼等の話し声は公道に立っていても聞こえた。君に家は公道の近くにあるとは聞いていたからね」

「じゃあ家には入らなかったのか?」

「これは君の計画だからね。ぼくのことは知っているだろう。君がやるときは、ただ従うのみだよ。ああ着いたな。まず手本を見せてもらおうか」

ぼくはまったく躊躇《ちゅうちょ》せずに、六本の横木のある門を抜け、長くかすかに傾斜した誘導路に出た。門はそれぞれの路の端に二つあったが、番小屋はなかった。街灯は家の傍までなかった。明かりの灯った窓の高さや形、風にそよぐ月桂樹のささやき、踏みしめる小石の感触はすべて甘く懐かしい思い出だった。ぼくは気持ちを和らげてくれるこの匂《にお》いを深く吸い込んだ。われわれの隠密行動はふと子供のころの自分を思い出させた。まったく良心のとがめは感じなかった。すごく興奮していたので、後悔などなかった。踏みしめている一歩一歩がやがて後悔の種となるなどとは考えなかった。この夜はぼくにとって、あらゆる意味で恥の一夜だったのに――。それらは夜の明ける前に一挙にやってきた。でも、この庭にいる間はそんなことは夢想だにしなかったのだ――。

明るい食堂の窓は道路に面していて、日よけ越しに中を覗けば、公道から見られる危険があった。もし、ラッフルズならこのような危険を犯すようなまねはしなかったろうが、ぼくはあえてそれをやり、ラッフルズも黙って従った。実際、日よけはいやな音を立てたのだが、中はしっかり見えた。その席の唯一の女性であるギルマール夫人は自分の席にいて、ぼくが予想した通りの服装をしていた。首には真珠の首飾りが巻かれていたが、エメラルドはなく、ダイヤも身につけていなかったし、頭にもダイヤの髪飾り《ティアラ》は見えなかった。ぼくは勝ち誇ったようにラッフルズの手を握り、彼もうなずいて、顔を赤らめた狐狩《きつねが》りの主人公の財宝がそこにはないことを確認したのだ。明らかに当家の息子と思われる若僧を除くと、全員は夕日の中で、着ている赤い狩りの服装と同じく赤い顔をしていた。かつてぼくの父親の席だった場所には、黒い髭《ひげ》を生やし、頭の禿《は》げた大柄な男が腰を下ろしていた。この男がわが家の温室を廏舎《きゅうしゃ》に変えてしまった人物である。でも彼がだまって若者達の狩りの自慢話や失敗談に耳を傾けている太った姿は、なぜかお人よしに見えた。ぼくもしばらく耳を傾け、それから不意に思い出したようにラッフルズを家の裏側に誘導した。

この家は入り込み易くはなかった。ぼくは少年のころのことを思い出していた。皮肉なことに当時のぼくは泥棒が怖くて、ベッドの下に潜り込んだりしていたのだ。一階の弓型の張り出し窓はバルコニーで二階の窓とつながっていた。そしてバルコニーには装飾のある鉄製の手すりがあり、これに普通の縄ばしごを引っかけて二階に昇ることが可能だった。ラッフルズは縄ばしごを腰に巻いていて、望遠鏡のように順々に伸びる棒を使って縄ばしごの一方を手すりに引っかけ、もう片方は赤煉瓦《あかれんが》の壁の隅に固定した。ぼくは昔、この壁を使って休日にスカッシュのボールをぶつけていたものだった。星明かりで見たら昔ぼくがつけた白い線のあとがまだ壁に残っていた。

われわれは昔ぼくの部屋だったところを通り抜け、明かりのついた危険な踊り場を通って、この家の一番よい寝室に行ったのだが、自分はまるで虫のようだ、と思った。ぼくが生まれて初めてこの世を見た四本柱のあるベッドは、真鍮《しんちゅう》の二本柱のベッドに変わっていた。でも子供の手で摑《つか》んだ記憶のあるドアはそのままだった。ラッフルズは階段に通じるドアを音を立てずにきちんと閉め、くさびとねじ釘《くぎ》を使って内側から固定した。

「もう一つのドアは更衣室に通じているのだな。バニー、更衣室の外に通じるドアを閉めてきてくれよ」ラッフルズは作業を続けながら、ささやいた。「真ん中のドアはいい、君が閉めたいのなら別だが。例のものは、ここになければそちらだろうから――」

ぼくはドアを備えつけのボルトで閉めた。このとき、なぜか良心が痛み始めるのを感じていた。ぼくは昔の自分の部屋で縄ばしごを巻きあげ、ラッフルズがドアにくさびをはめている間に、寝室の窓からこの縄ばしごを垂らした。いつもラッフルズのやる、まず退路を確保する、という作戦を実行したわけだ。ラッフルズに彼の教育が無駄でなかったことを示すつもりだったのだ。でも宝石を手に入れる仕事はラッフルズに任せることにした。ぼくは部屋のガス灯を明るくした。それによる危険は感じられなかったし、この方がラッフルズにとって仕事がしやすいと思ったのだ。部屋にはなかなかいい家具が揃《そろ》っていた。骨董《こっとう》に類するマホガニー製の脚つきタンスもその一つだった。でも引き出しの中味をベッドの上に出したが目ぼしいものはなく、鍵《かぎ》のかかっている引き出しも同様だった。時間が経つにつれて、状況にした。

は厳しくなった。覗《のぞ》いてみると階下《した》の食卓はデザートに入っていた。とすれば、話し相手のない夫人は寝室に引き上げてこないともかぎらない。われわれは更衣室の方に移動することにした。

「浴室の方かと思ったが――」ラッフルズはささやいた。「君はここに浴室がついてないことを言わなかったな。だったらここだ、更衣室だ。こんなにドアにボルトを使っているこの部屋は、一種の金庫になっているんだ。それに違いない、バニー。だとしたら、すごいぞ」

ラッフルズは間違いなく骨董品《こっとうひん》に相当する樫材《かしざい》の衣装箱の前に跪《ひざまず》いた。そのふたには変わった鍵《かぎ》がついていたが、ラッフルズは道具を使ってものの十秒で開けてしまった。でもぼくは興奮して、とても見ていられず、寝室に引き返し、退路として下げておいた縄ばしごを点検しようとした。

その瞬間、ぼくは凍りついてしまった。縄ばしごは伸縮自在の棒にひっかけられて、ちょうど森の暗闇《くらやみ》に姿を消すところだったのである。

「ラッフルズ、ラッフルズ！　大変だ。われわれは見つかったらしい。いま、縄ばしごを外されてしまった！」

ぼくはあえぎながら更衣室に戻った。ラッフルズは道具で皮製の宝石箱をこじ開けているところだった。それは彼の腕の下で口を開いた。

「君は、縄ばしごを外されるとき誰かに姿を見られたのかい？」

「いや」

「よかった！　とにかくここにあるのをいくつかポケットにいれるんだ。とても開けている時間はない。階段にはどのドアが一番近い？」

「あっちだ！」

「よし、きたまえ！」

「いや、ぼくが先だ。ここは隅々まで知っているからね」

ぼくが寝室のドアノブを持っている間にラッフルズがくさびを固定したねじ釘《くぎ》を外した。ぼくが行こうとしている部屋は、われわれの頭を吹き飛ばす嵐から避難できる唯一の港だった。二人の泥棒を探そうとすれば、まずそこは見ない。泥棒がこの家を熟知していることを知らなければの話だが――。うまく隠れ部屋まで行きつければ、数日とは言わないまでも数時間隠れることは容易だろう。

くさびは外れ、ラッフルズはぼくの後ろに立った。ぼくはドアを開け、二人は階段の踊り場に立って状況を観察した。

われわれの下から顔を赤らめたあの男が階段を昇ってきた。狩猟用のむちを逆さまに持って特長のある禿《は》げ頭を輝かせ、黒い髭《ひげ》をゆすりながら先頭に立ち、飲んだくれた若者たちが賑《にぎ》やかにあとに続いた。

彼には何がどうなっているのか、状況はまったく分かっていなかった。われわれはそろそろと壁にそって移動し、薄茶色のドアに向かった。偉大なるギルマールがスポーツマンらしくもなく、息を切らして階段の途中で止まったりしなければ、われわれは捕まっていたかもしれない。ぼくはラッフルズを促して薄茶色のドアに消えた。

「逃げた！　逃げたぞ」

「追《ヨイックのイッ》い込め、追《ヨイック》い込め」

「向こうにいったぞ！」

われわれは薄茶色のドアを通り、家の後部に出た。そこには、降りる階段と昇る階段があった。ぼくらは昇って召使用の寝室に入り、その奥のドアを通って左に曲がった。そこは例の「塔」の下部に当たり、ぼくの記憶ではそこに塔に上がるはしごがあるはずだった。ぼくは暗闇《くらやみ》の中をその方角に向かった。そして、幸運なことに、はしごは昔と同じ場所にあった。われわれは必死で昇った。そして昇り切った部屋には首を折りそうなはね戸が、昔通り曲がった真鍮製《しんちゅうせい》のつっかい棒で閉まっていた。ぼくはそれを片方の手で摑《つか》み、ラッフルズがもう片方で持って外すことに成功したのだ。はね戸はわれわれの手を離れ、恐ろしい勢いで下に落ちて行き、追ってきた男に命中したかと思われた。

あの巨体が床に倒れ、家が振動するような大きな音がすることを期待したが、彼はそれを避けることに成功したらしく、そんな音はしなかった。その間われわれは一言も発することなく塔の上の部屋に逃げ込んだのである。下では賑やかな叫び声が続いていた。

「地下に逃げたのじゃないか?」

「猟犬に追わせろ!」

誰かが叫んでいた。

ちらりと見えたこの家の主人は、やはりドアが頭に当たって怪我をしたとみえて、酔いも醒《さ》めているようだったが、言葉を発する元気もないようだった。一方、ラッフルズはロウソクを灯して、残ったはね戸を入り口に錐《きり》とねじ釘《くぎ》で固定していた。くさびがあったお陰でこの作業は極めてうまくいった。これで、たとえはしごを上がってきても、塔に入るのにはかなりの時間がかかるだろう。とにかく塔の部屋はぼくにとっては懐かしい空間だった。

ラッフルズは塔の部屋についた四つの窓を見ていた。「あそこから出られないかな?」彼はそれ以外にこの罠《わな》を逃れる路はないことを言外ににじませて、そうささやいた。

「もう、縄ばしごがないからね」そう言わざるを得なかった。「ごめん。すべてはぼくのミスだよ」

「そんなことはないよ。バニー。こうなる他はなかったのさ。でも問題はあの窓だと思うよ！」

彼の寛大な言い方には感激した。二人で窓の外を眺めてみたが、急傾斜のスレートの屋根だった。少年時代にこわごわその上に登ったことを思い出した。星空が見え、向こうの棟の部屋の窓が見えた。あっと思った瞬間それが開いて、赤い顔と肩が覗《のぞ》いたのである。

「驚かしてやろう」ラッフルズが言った。彼は手にしたピストルの柄で窓のガラスを破ると、顔の覗いた窓のすぐ近くのスレート屋根をめがけて一発撃ったのだ。ぼくがつき合い始めてから、ラッフルズがピストルを撃つのを見たのは初めてだった。

「当たらなかったろうね？」

向こうの窓の人物は姿を消していたが、何か階段を転がり落ちるような音が聞こえた。

「もちろん、当たってなんかいないさ」塔の部屋に戻りながらラッフルズは言った。「もっとも、ぼくがわざわざ外すように撃ったとは誰も思わないからね、捕まったら十年は食らう。でもお陰で五分ぐらい時間ができたと思う。向こうも対策会議を開くだろうからね。ところで旗竿《はたざお》があったかな？」

「昔はあったがね」

「では、旗を吊《つる》すロープも？」

「いや、あれは細くてとても役にはたたない」

「そうだろうな。第一もう腐っている可能性が強い。待てよ――。そうだ、避雷針はなかったかな?」

「あったよ」ぼくは横の窓を開いて身を乗り出した。

「星明かりで見えるはずだ」ラッフルズが見つかるのを心配して声をかけた。

「大丈夫だよ。でもよく見えない。あった。昔と同じ場所に避雷針のコードがあった」

「導線の太さはどのくらいある?」

「エンピツぐらいかな」

「それだけあれば大丈夫だ」ラッフルズは言うと、手にハンカチを巻き、白いやぎ皮の手袋をした。「しっかり握ることが大切だ。ぼくは以前にもこれで避雷針のコードを伝って昇り降りした経験がある。これが助かる唯一の方法だ。ぼくが先に行く。よく見ていたまえ。そして、ぼくと同じようにやるんだよ、いいね」

「もし、降りられなかったら?」

「まあ、失敗したらね」ラッフルズは窓から足を出しながら言った。「君に恐ろしい音楽が聞こえる。その場合はぼくが三途の川を渡ったと思うんだね」

そう言い終わると言葉もなく滑るように出ていった。ぼくは震えながらそれに従った。四月の星明かりは決して明るくはなかった。でも、ぼくにはラッフルズが塔の角に摑《つか》まって煉《れん》瓦《が》の壁とスレートの間を回る姿が見えた。次に見えたのはわれわれが宝石を盗んだ更衣室の上だった。そこから避雷針のコードは真っすぐ地上に降りていた。ラッフルズは難なくそれに摑《つか》まって地上に降りていった。でもぼくはラッフルズほどの運動神経も筋力もないのだ。ラッフルズのあとを移動しながら、頭がくらくらするのを覚えた。

これがぼくが塔を見た最後の瞬間だった。その窓の中は灯されたロウソクの明かりでぼんやり明るかった。塔の部屋に置かれていた木製の椅子《いす》は、懐かしいニスの匂《にお》いがしていて、その匂いは腰を下ろして過ごした時間や、読み耽《ふけ》った本を思い起こさせた。その周囲の窓は古い画廊の懐かしい絵のようだった。そして今、ぼくはその少年時代の聖域に盗みに入り、失敗して去ろうとしているのだ、と思った。罰が当たって雷ではないが避雷針とともに地上に落ちて死んだら、恐ろしく恥ずかしいことになると。

〈それを太陽が
　暁に覗《のぞ》き込む〉

あの塔で昔作った詩の一節だ。あとは忘れてしまった。

どうして地上に辿り着いたのかよく覚えていないが、何しろ両手は出血で真っ赤になっており、ぼくは花畑に横たわっているラッフルズの傍らに、荒い息づかいに胸を上下させながら立っていた。でもぐずぐずしてはいられなかった。すでに屋内では動きが始まっていた。家中が興奮の渦に巻き込まれていたのだ。ラッフルズのあとについて誘導路の端を進み、後ろを振り向かないようにした。

門のところまできたとき、ラッフルズは公道に出ると思いきや右に曲がって廏舎《きゅうしゃ》の方に進んだのだ。ぼくが行こうとした方向ではなかったが、黙ってぼくもそれに従った。ラッフルズがここにきてぼくを引っ張ってきてくれたのが嬉しかった。すでに廏舎には煌々《こうこう》と明かりがついており、中庭では蹄の音が響いていた。われわれは隣接した菜園の塀の陰に隠れて様子を眺めた。大きな門が開いていて、公道でも蹄《ひづめ》の音がしていた。

「警察がくるので門を開けたのだ」ラッフルズが言った。「でも、廏舎の中では皆が興奮している。聞こえるだろう。もうすぐ、今シーズン最後の狩りが始まるぜ」

「獲物はわれわれなんだな?」

「もちろん。でも捕まることはない。われわれはここから出ないのだ」

「何だって?」

「まあ彼等が考えるとしたら、十・五キロ以内のすべての駅に見張りを送っただろうね。そして、その中のあらゆる隠れそうなところを探すに決まっている。でもぼくには彼等が思いつかない場所を知っている」

「それはどこ？」

「この塀の中さ、バニー。この屋敷の庭はどのくらい広いんだい？」

「六、七平方メートルはある」

「いいね。君は昔の記憶を辿《たど》ってその中の見つかりそうもない場所に案内してくれよ。そこに朝まで潜んでいよう」

「それから？」

「まあ、夜がすぎれば何とかなるさ。まずは隠れ場の確保が先決だ。向こうに見えるあの林は？」

「あれはセントレナードの森と呼んでいる」

「すばらしい。彼等は自分の家の庭のことなんて最後まで考えないよ。おいで、バニー。ぼくを助けて隠れ穴を教えてくれたら、一二秒で君を隠してあげるよ」

まったく彼の言う通りだった。そして、ぼくはこの森の中に子供のころ使っていた隠れる場所があることも分かっていた。九十メートルほど行ったところに飾りに作った小さな池があり、芝生の丘とつつじを植えた堤があることを思い出していた。そのつつじに囲まれて小さなボート小屋があり、ぼくはそこに隠れて遊んでいたのだ。小屋には小さなボートがあって、これで遊ぶこともできたし、泳ぐこともできた。一夜をすごすのにこれ以上安全な場所は考えつかなかった。ラッフルズも外からはまったく見えない芝生の丘の彼方の、つつじに囲まれたボート小屋を見て、これだと思ったらしかった。

小屋には陸側と水側にドアがあったが、これは両方とも開けておいて、物音が聞こえるようにした。逆にいえば中でしゃべることは禁物だったが。四月特有の湿度の高い空気が辺りにみなぎっていた。冷気は夜会服と薄手の外套《がいとう》を通して骨の髄まで浸透してきた。精神的なショックも戻ってきて、ぼくを二重に苦しめることになった。そして、始終足音に耳をそばだてていなければならなかった。でも主としてそれと分かる音が聞こえてきたのは廏舎《きゅうしゃ》からだった。でも彼等の興奮は予想したよりも早く下火となり、ラッフルズですらが、もう捜索はあきらめたのではないかと思い始めていた。

深夜をすぎたころに、馬車の音が聞こえた。植え込みの間を歩いていたラッフルズが戻ってきて、あれは招待客が帰っていくのだ、と教えてくれた。そして、分からないのはあのような事件のあとなのに、皆さんなぜか陽気に帰っていったことだ、と言った。ぼくも理由は分からないが多分酒が入っているからだろう、と答え、酒が飲めるのはうらやましい、と言った。ぼくはその昔、泳いだ体を乾かすのに使ったベンチの上に体を丸め、膝《ひざ》をあごにつけて座っていた。内面の感情がどうであろうとあまり感じなくなっていた。ラッフルズはまた出ていったが、彼にはもう声もかけなかった。どうせすぐに戻ってくると思ったからだが、でも彼はなかなか戻ってこなかった。ついに、あまりに遅いので心配になって様子を見に行くことにした。

そのときも、ぼくは彼が近くで見張りをしているのだろうとばかり思っていた。だから、猫のように這《は》い出して、小さな声で名前を呼んでみた。でも、答えはなかった。ぼくはそのまま進んで芝生の丘に立ってみた。でも家の方まで何一つとして生き物の姿は見えなかった。家にはまだ明かりがついていたが、静かだった。わざと静かにしているのかと思ったほどだった。もしかすると彼等はすでにラッフルズを捕まえていて、次にぼくが出てくるのを待っているのでは、と思った。ぼくはまたボート小屋に戻った。不安と怒りがこみあげてきた。正確に言えば、一人で長いこと待っていた間は不安に襲われていたし、ついに彼の足音が聞こえてきたとき、それが怒りに変ったのである。だから迎えには出なかった。密かな足音は次第に近づき、やがて小屋に入ってきた。ぼくの目の前に乗馬服を着た背の高い大きな男が立ったとき、ぼくは飛び上がった。

その男はぼくの肩をおかしそうに叩《たた》いた。「長いこと留守にしてすまなかった、バニー。でも、われわれがこの家屋敷を離れなかったのは正解だったよ。乗馬服を見つけたおかげで、ぼくは別人になれたし、ここに若者用の乗馬服があるから、君も着るといい」

「ということは、また家に侵入してきたんだ！」

「そうせざるを得なかったんだ。でも各部屋の明かりが一つずつ消えていき、皆さんが安らかな眠りについたのでね、また例の更衣室に寄ってきた。家の後ろ側にある息子の部屋を見つけるのがちょっと大変だった。でも見つけたよ。これなら君の体にぴったりの乗馬服だろう。これを着たら今着ている洋服に小石を入れて、池の底に沈めてしまうんだ。ぼくも同じことをやる。朝一番の汽車に乗るのにこの格好なら大丈夫だが、お尻《しり》に草がついていたりしたらまずいじゃないか——」

朝一番の汽車は六時二十分発だった。警官が見送ってくれた。彼等は列車のコンパートメントをいちいち開いて見回ってきたが、彼等が聞かされていた服装の悪者は乗っておらず、乗馬服の二人には目もくれなかった。

汽車は八時二十八分にビクトリア駅に到着予定だったが、二人はクラパム・ジャンクションで下車し、バターシーとピカデリーの間で二回タクシー馬車を乗り換えて戻ってきた。しかもそれぞれの馬車では、少しずつ服装の外見を変えたのである。それでもオーバニーに帰りついたのは九時前後だった。

「さてと、バニー」ラッフルズが言った。「まず、君に渡したあの宝石箱の開けてないやつを出してくれよ。ぼくのはもう庭で見てしまったが、実は空だったのさ。君に渡した方は大丈夫だと思うんだが――」

そういうラッフルズの目の前に、ぼくは皮製の宝石箱を取り出したが、渡す代わりにラッフルズの目をじっと見つめた。

「渡しても無駄だと思うよ」ぼくは言った。「これも空箱だったのだ」

「いつ見たのかね?」

「塔にいたときさ」

「さて、ぼくがこの目で確かめたいね」

「どうぞ」

「バニー、この箱には君の言っていたネックレスが入っていたようだね」

「そう見えるね」

「そしてこちらは髪飾り《ティアラ》の箱だ」

「多分そうだね」

「しかも彼女はいずれも身につけていなかった。そして、ぼくらはそれを見た」

ぼくは彼の目を見つめていた。

「ラッフルズ」ぼくは言った。「ぼくは今、本当のことを言おう。そのほうが嘘《うそ》をつくよりも楽だからね。ぼくは二つともあの塔に残してきたのだ。弁解したり、訳を説明したりしたくない。それはたぶん塔のせいだと思う。君が先に行ってぼくが残ったときに、ぼくはなぜか首の骨を折るのではないかと思ったのだ。そしてそのことは何とも思わなかった。でもそのときに盗んだ品物をポケットに入れたまま発見されることには耐えられなかったのだ。君はそんなことは初めから分かっていたと言うかもしれない。君が何を言おうと気にしない。ぼくは何を言われても凡人だと認めるよ。どうかしていたかもしれないし、ばかだったかもしれない。君に宝石の空箱を見せて誤魔化していたんだからね」

「君は相変わらず嘘をつくのが下手なんだよ」ラッフルズは笑った。「君があそこで何を感じていて、どう行動するかが、ぼくに分からないと思っていたのかね。実を言えば、かなり前から分かっていた」

「ぼくが何を感じているかが？」

「そう、そしてどう行動するかもね。あのボート小屋でそれが分かったんだ。あの家の人達はあるときから捜査に対する熱意を失ってしまった。ということは、これ以上われわれを追う必要を感じなくなったのだ。君の態度も何となくおかしかった。そこでぼくは自分の持っていた宝石箱を見たら空だった。そこでまた家の近くに行って、日よけの中を覗《のぞ》いてみたのさ。何を見たと思う？」

ぼくは首を横にふった。分からなかったし、知りたくもなかった。

「君の行為の被害者に成り得たであろう、あの二人が見えた」ラッフルズが言った。「彼等はこの美しいものを見て満足していた――」

彼はジャケットのポケットに両手を入れ、何かを摑《つか》んでぼくの目の前でそれを開いて見せた。一つにはダイアモンドの髪飾り《ティアラ》があり、もう一方の手にはエメラルドの輝くネックレスがあった。

「ぼくを許してくれ、バニー」ラッフルズは、ぼくが何かを言おうとするのを、押し止めて言った。「君が何をしたか、何をしなかったか、それは問題にしない。もうすべては終わったことだ。ぼくはむしろ、君がしないように努めたことを嬉《うれ》しく思う。でも二人ともこれには命と手足と自由を賭《か》けたのだ。そして、ぼくは君みたいに感傷的な良心のとがめは感じなかった。だからぼくが手ぶらで戻る理由はなかった。君はぼくがあの更衣室に再び足を運んだ本当の背景を知りたければ、まずは家に戻って二十分後にトルコ風呂で会うことにしよう。ぼくもさっぱり汗を流したいし、その後に涼しい休憩室で朝食を取りたいね。君にとっては、古い亡霊に悩まされた夜のあとでは、トルコ風呂が一番だと思わないかい？」

第九話　ラッフルズの遺品――The Raffles Relics

一八九九年十二月のことだが、ある雑誌にちょっと面白い記事が掲載され、当時南アフリカで行なわれていた戦争（第二次ボーア戦争。一八九九～一九〇二）の、激しい興奮を一時的にせよ忘れさせてくれた。その時期というのは、ラッフルズが実際に白髪頭になっていたころで、彼とぼくの職業盗賊という内密のスポーツも、第二回戦の終わりに近づいた時期だった。ピカデリー通りやオーバニーのアパートはもはやわれわれの馴染みではなくなっていたが、最近の本拠地である絵のように美しいハム・コモンの近くからでも、やはり古巣の都心には惹《ひ》かれるものがあった。われわれはできるだけ時間を娯楽に使うようにしていた。自転車に乗ることも多かったし、冬の夕方などは好きな読書に耽《ひた》っていた。そんなわれわれに、ボーア戦争が衝撃を与えた。おかげでわれわれは人生と真面目に向き合うことになり、リッチモンド公園を横切ってしばしば新聞を買いに走ることにもなった。ぼくが戦争と関係のない、あるセンセーショナルなニュースをぶらさげて帰宅したのは、そんな時期のことだったのだ。それは、百万単位の読者を持つ大衆的な雑誌で、その記事は大胆な挿し絵入りで掲載されていた。題材はロンドン警視庁の「犯罪博物館《ブラック・ミュージアム》」だった。そしてその博物館が催していたのは、何と「ラッフルズ遺品展」だったのである。

「バニー！」ラッフルズは言った。「ついに名声を博したな。これはもはや悪ではない。いわゆる泥棒のランクを脱して金ぴかの神々の集団に列せられている。時間が経ったおかげで、それは歴史として綴《つづ》られているのだ。ナポレオンの遺品というものがあるよね。ぼくの遺物もそのようになったのだ」

「ぼくも見てみたいものだね」ぼくはそう言ったが、すぐに言ったことを後悔していた。ラッフルズは雑誌片手にぼくを見ていた。ラッフルズの唇にはぼくがよく知っている、例の微笑が浮かんでいた。

その目にはぼくが灯した火が燃えていたのである。

「それはいい考えだ」彼は極めて優しくそう言ったのだが、それは頭の中で計画が練られ始めている証拠だった。

「いや、別にどうしても、と言ったわけじゃないよ」ぼくは答えた。「君だって、そうだろう」

「いや、まったく本気だよ」ラッフルズは言った。「こんなに真剣になったことはないよ」

「白昼堂々とロンドン警視庁に入り込むつもりではないだろうね」

「白昼堂々とね」彼は雑誌を見直しながら言った。「ぼく自身の過去を見つめ直す。ああ、君は、ここにある挿し絵のことを言わなかったね。これは君がぼくを入れて銀行に運んで入った銀器用の大箱だ（第二話参照）。その上に乗っているのはぼくが愛用した縄ばしごじゃないか。それにしても、この三文雑誌の挿し絵はひどいな、これでは本当の価値が分からない。まあ、実際に行って検分する必要がありそうだ」

「ならば、一人で行っておいでよ」ぼくは不機嫌にそう言った。「君は変装がうまいからいいが、ぼくはたちまち見破られる」

「いいよ。君が入館証を取ってくれればね」

「入館証だって？」ぼくはあきれ返ってそう言った。

「もちろん、入館証を取らなくては入れない。でも取ればたちまち一巻の終わりだ。こともあろうに、関係した囚人であるぼくが入館証を取れると思うか？」

ラッフルズはさらに雑誌を眺めて、いらいらしたように言った。

「この記事を書いた記者は入館証を取ったにちがいない。まあ、編集長からもらったにしてもだ。君もジャーナリストなんだから、編集長からもらえるよ。でも、君はそうしなくていい、バニー。ぼくの気まぐれのために、大きな危険を背負う必要はないからね。ぼくが君の代わりに行ったとして、注目を集めたらどうなる？　白髪頭だし、ぼくは死んだと思われているから、君はそこでものすごく難しい立場に立つことになるな。やめた方がいいだろう。まあ、雑誌を読ませてくれ」

いうまでもなく、ぼくはこの忠告を無視してさっそく入館証の入手に着手したのである。この時期のラッフルズが突然感情を高ぶらせるのには慣れていた。そして、その理由もよく理解できた。彼を取り巻く新たな環境が不便なことはよく分かっていた。ぼくは刑務所に入れられることで罪を償ったが、ラッフルズは死んだことにして刑罰を逃れていたからである。その結果、ラッフルズが人目を恐れて行けないところにはぼくが行く必要があったのだ。外界とのあらゆる接触を、ぼくが全権を握って代行することになっていた。何とか言っても彼はそうせざるを得なかったし、結果として、ぼくが彼を支配することになるために起こる彼の腹立ちは最小限にしたかった。ぼくがそのことを利用していると思われたくはなかった。という訳で、まことに不安ではあったが、彼の難しい要望を満たすためにマスコミ街のフリート・ストリートに出かけていった。当時すでにぼくはいくつかの新聞・雑誌に作家として知られていた。断わられた社もあったが、別の社では成功した。ある晴れた夕方、ぼくは警視庁受刑者管理課の発行した入館証を持ってハム・コモンの自宅に戻ってきたのだ。そのカードは今も持っている。驚いたことにカードには日付の指定がなく「このカード持参者に博物館の入場を許可する」とだけ書いてあった。しかも、ぼくの編集者の名前と同伴者という記載はあったが、誰とは書かれていなかった。

「編集者は行かないと言っていた」ぼくは説明した。「だから君とぼくが行っても差し支えないよ」

ラッフルズは皮肉な笑いを浮かべてぼくを見た。機嫌がいい証拠だった。

「それはちょっと危険じゃないかな、バニー。君が誰だか分かったらぼくも捕まる恐れがあるよ」

「でも彼等にはもはや君が分からない、と言ったよね」

「まあ分からないと思うよ。ほとんど危険はないがね。でもやってみないと分からない。ぼくは行く決心をしたんだが、君を巻き込む理由はないからね」

「まず、このカードを出してどうなるか試すといい」ぼくが提案した。「やばいことになればすぐにずらかるさ」

「ということは、君も一応入口までくるということだな」

「もし最悪の事態となるのなら、結局同じことだよ」

「そして、入館証は二人分だな?」

「そうだ」

「それを一人で使っても別にかまわない？」

「だろうね」

「ではとにかく二人で行こう、バニー」ラッフルズは叫んだ。「最悪の事態にはならないよ。でも例の遺品を見たいなどと言ってはいけない。また、見るときもぼくの遺品に特別に興味があるようには見ないこと。質問するのはぼくに任せたまえ。われわれが警視庁に現われたという疑いを少しでも抱かせてはいけない。それにしても、君の恐怖と心配を償って余りある楽しみが得られると約束するよ」


冬とはいえないほど、その日の午後は暖かく靄《もや》がかかっていたが、太陽は低く靄ごしに差していた。ラッフルズとぼくはウエストミンスター橋の下をくぐって、金色の靄を背景にした灰色のウエストミンスター寺院と、国会議事堂の壮麗なシルエットにしばし見とれた。ラッフルズはホイッスラーかアーサー・シーバーンの絵画を思い出すね、とつぶやき、タバコの煙はこの名画の鑑賞に邪魔だというようにサリバンを投げ捨てた。われわれの無法な隠遁《いんとん》の暮らしの中で見たもっとも美しい光景ではなかっただろうか。でもぼくはラッフルズがうまく「犯罪博物館《ブラック・ミュージアム》」に入館できて、目的を果たせるかに気を取られていた。

われわれは禁じられた区域に侵入していた。厳しい表情の警官にたくさん出会った。でも彼等は開き戸をあけ、そこの石段を上がれ、と教えてくれながら、欠伸でもしそうだった。受付も皮肉なことに極めてざっくばらんな人物だった。われわれは寒い階段の踊り場で数分間待たねばならなかったが、その間ラッフルズは抜け目なく建物の構造を研究していた。ぼくは冷たい床を踏みながら入口で元警視総監の肖像を見ていた。

「これはこれは久しぶりですな」ラッフルズが大声を上げながら近づいてきた。「夕食のときにある紳士に会いましてね、昔話をしているうちにこの犯罪博物館のことを聞いたのです。何年か前にホワイトホール（官庁街）の方の展示は親切に案内してもらったことがあるのですが、ここの犯罪博物館のことは初めて聞いたものですから、ぜひご一緒に見たいと思いまして、お招きした次第です」

でもぼくが見たところではこのわざとらしい声を聞かせるべき刑事らしい姿はなく、やがて案内役の背の高い若い係官が踊り場にやってきた。彼はおそろしく高い襟をつけていて、その顔色は襟と同様青白かった。彼は鍵束《かぎたば》を持っていて、通路の途中にあるドアをこれで開け、われわれを世にも恐ろしい保管所に案内してくれたのだが、入館者は極めて稀《まれ》だと思われた。その部屋は寒く、厳重な金庫のようだった。案内役は日よけを上げ、ガラスケースの覆いを取り除けた。まず、犯罪者のデスマスクの列が目についた。穏やかな表情の顔だがのどが膨らんでいて、ずらりと棚に並べられている光景は幽霊が歓迎しているように見えた。

「この人はあまり心配ないな」

ラッフルズは案内役が日よけを開けているとき、小声でささやいた。「でも用心するに越したことはない。ぼくの展示は向こうの隅だ。でもその場にくるまで覗《のぞ》いてはいけないよ」

われわれは入口のガラスケースから順番に見ていった。そのとき、ぼくの方が、この青白いガイドよりずっと展示について知識が豊富であることに気づいていた。彼は熱心ではあったが、いかんせん知識が不正確ときていた。彼はある殺人犯を別の殺人犯と混同していた。

「このピストルはですね——」と彼は始めた。「有名な盗賊チャールス・ピースのものでした。あれが彼の眼鏡で、これが彼の使った金てこ、これはナイフですね。これで警官を殺したのです」

ぼくはこれを訂正したい欲望にかられた。もっとも、そうすると失礼かなと思ったが何となく見すごせなかった。

「それは、少々違うんじゃないでしょうか」ぼくはなるべく丁寧に言った。「彼はナイフは使わなかったはずです」

若者は糊《のり》の効いたシャツの襟の中で首を回した。「チャーリー・ピースは警官を二人殺しました」と彼は言った。

「いや、それも違う。殺されたうちの一人は確かに警官だったけれどもね。でも彼は殺すのにナイフは使っていない」

この係官は羊のようにおとなしく訂正を受け入れた。ぼくとしてはそうせざるを得なかったのだ。でも、ラッフルズはこわい顔をしてこっそりぼくを蹴《け》った。

「チャーリー・ピースって誰なんでしょうか？」ラッフルズは悠然とかまえている裁判官よろしく、係官に花を持たせる質問をした。

係官は即座に答えたが、それは意外な答えだった。

「最も偉大なる盗賊でした」と彼は言った。「でも、かの親愛なるラッフルズがそれを打ち破ったのです」

「つまり、ラッフルズ以前のナンバーワンということだな」

答えを聞いた盗賊の大家はそうつぶやき、次の展示に移動していった。そこには人の命を奪ったために変形した弾丸やナイフが展示されていた。首を絞めるために使われたしなやかな細いロープがあった。長いデスマスクの棚の下には鈍く光るピストルが並んでいた。縄ばしごもあったが、われわれのものほど上等ではなかった。そして、ついに案内役がよく知っている展示に辿《たど》り着いた。それは小さな錫製《すずせい》のタバコの箱だった。でもその派手な包み紙はサリバンのものではなかった。でも、ラッフルズもぼくもこれについては係官よりよく知っていた。

「さて、それでは」とガイドの青年は言った。「これの歴史はむろんご存じないでしょう。推測を二十言ってみてください。もっとも二十番目が一番目より真実に近いとは思いませんがね」

「そうだろうね」ラッフルズはにこにこしながら、楽しんでいるようだった。「まあ、時間の無駄だろうから、答えを教えてくださいよ」

そう言いながらラッフルズは二十五本入りの有名なタバコの錫《すず》の箱を開いていた。中にはタバコのほかに脱脂綿に包まれた砂糖の固まりが見えた。ぼくはラッフルズがある種の満足感を味わっているのを見た。でも、係官は自分の仕掛けた謎《なぞ》に答えられなかったことしか考えていないようだった。

「まあ、答えられないとは思いましたがね」と彼は言った。「これはアメリカ人の奸計《かんけい》の道具です。二人の悪賢いアメリカ人が高級レストラン、ケルナーの特別室を予約して、そこで食事をしながら宝石商を呼んでたくさんの高価な宝石を持ってこさせたのです（第二巻、第一話参照）。ところが支払いの段になってから、送金がすぐにはできないと言い始めたのです。そこで彼等が選んだ宝石を送金された代金が届くまで金庫に保管しておいてくれ、と頼んだのですね。これに入れて封蠟《ふうろう》でシールをして一、二週間の間、金庫に入れておいてくれと言った訳です。

ここまでは別におかしくありませんよね」

「極めて正常な取り引きだ」ラッフルズは簡潔に答えた。

「宝石商も同様に考えたのです」ガイドは嬉《うれ》しそうに言った。「何しろこのアメリカ人たちは、買って欲しいと持ち込んだ宝石の約半分を買ってくれたのです。まあ、ここまでくれば、どうなったかお分かりでしょう。そのとき以来アメリカ人からはまったく連絡はありませんでした。彼が金庫にしまっておいたこの箱を開いたら、宝石どころかタバコと砂糖の固まりが出てきた、という話です」

「箱をすり替えたのだ！」ぼくは叫んだ。いささか、反応が早すぎたかもしれない。

「同じ箱が二つあったのか」ラッフルズはつぶやいた。深く感銘したように、そう言ったのである。

「同じ箱が二つあったのです」係官は勝ち誇ったように叫んだ。「これはまったく優秀な泥棒です。このアメリカ人たちはね。魔術師顔負けのことをやってのけたのですから」

「その通りだね」白髪頭の紳士は深くうなずいて見せた。「まあ、それが」と急に思いついたようにつけ足した。「アメリカ人に化けたラッフルズの仕業でなかったとしたらね」

「そのはずはありません」係官はその高い襟から首を伸ばしながら言った。「その事件の大分前にあの世に行っているのですから」

「それは確かかね?」ラッフルズが尋ねた。「彼の遺体は発見されたのかね?」

「むろん発見されて、埋葬されています」想像力豊かな我が係官はそう断言した。「マルタ島かな? もしかしたらジブラルタルだったかも知れない。どちらかは忘れましたが(第一巻、最終話参照)」

「それにね――」ぼくはあまりこの見え透いた会話には気がすすまなかったが、すこしばかり応援しておいてもいいだろう、と思った。「ラッフルズはこんなタバコは吸わなかったと思いますよ。彼が吸っていた唯一の銘柄は、ええと――」

「サリバンだ!」係官は初めて正解を大声で叫んだ。「これはまったく嗜好《しこう》の問題ですからね」と続けてそのけばけばしい包装の二十五本入りの錫箱《すずばこ》をもとの位置に戻した。

「いや、私もこれを吸ってみたことがありますが、ひどかったな。ひどい味でしたよ。これの四分の一の値段で買えるゴールデンジェムの方がずっといい」

「われわれが見たいのはですね」とラッフルズがおだやかに言った。「こんな風な賢い犯罪の遺物なんですが――」

「ではこちらにおいで下さい」そう言って係官はわれわれを奥に案内した。そこにはあのスリル満点の思い出がある大箱を始め、数々の見覚えのある陳列物がほこり除けの紙の覆いの下に並んでいた。

「これらの陳列物は――」と彼は覆いを取りのけながら言った。「ラッフルズの遺品で、彼が亡くなって埋葬されたあと、彼のアパートだったオーバニーから発見されたものです。あれは回し錐《きり》、これはオイルで、これを鍵穴に流し込んで開ければ音がしないんですね。これは彼がホーシャムで屋根の上の紳士を撃ったピストルです（第七話参照）。後に汽船から身を投げたあと船室から押収したものです」

ぼくはラッフルズが人を撃ったことなど一度もない、と言いたくてうずうずしていた。ぼくは窓を背にして立っていたが、帽子はまぶたにかかっていたし、立っているコートの襟は耳を覆っていた。

「まあ、あれがわれわれの知り得た唯一の機会でしたから」係官は認めた。「でなければ手に入らなかった。彼の仲間がいろいろ持っていったでしょうからね。この空の薬莢《やっきょう》は彼が皇帝のパールを入れていたものです（第一巻、最終話参照）。この錐とくさびは彼がドアを固定するのに使ったものです。これは縄ばしごで、この望遠鏡スタイルの伸ばせる棒を使って高いところに引っかけたのですね。ソーナビー伯爵の夕食会でも、これを使って食事の前に盗みを働いていました（第四話参照）。これは彼のブラックジャックなんですが、このビロードの袋はどうやって使ったのか分からない。二つ穴があいていますがね――お分かりではないでしょうね？」

ラッフルズはその袋を取り上げた。これは彼が鍵を開けるときにかぶせて、音が漏れるのを防いだのだ。いま、彼はそれを刻みタバコの袋のように人さし指と親指でつまんで顔の前に上げて、見ていた。やすりをかけたときに出た金屑《かなくず》をぼくに示したのである。そしてぼくの耳につぶやいた。「何と善良な警官なのだろうね」

ぼくは、ラッフルズを打ち倒したことのあるブラックジャックを見ていた（第六話参照）。それにはまだ彼の血痕《けっこん》が残っているはずである。係官はそれについて、当然のことながらかなり不正確なエピソードを語ってくれた。「散々な夜」に書いたように、あれはぼくを救うためにラッフルズが駆けつけてくれた事件だった。ラッフルズは極めて冷静にこれらを眺め、次に大箱の後ろの壁に掲げられた彼自身の古い写真に見入っていた。でもぼくはとても見ていられなかった。クリケット場のテントの脇《わき》で、競技服を着たラッフルズが勝利の喜びに浸っている写真だった。唇にはサリバンをくわえ、眼を細めたその顔はやや尊大に見えた。これは彼の最高の写真ではなかったが、ぼくも一枚持っていた。もし彼の肖像を描きたい画家がいたら、貸してあげてもいいと思ったぐらい、彼の姿をよく表現している写真だった。

「この写真から盗賊なんて想像もできませんよね」と係官が言った。「だから、当時は彼が犯人だと思う人がいなかったのです」

この若者はまったく疑いを持たぬ目でラッフルズを見つめていた。ぼくはここで「やったぜ！」と言いたくなるのをぐっとこらえていた。

「さっき、彼には仲間がいたと言われましたね」ぼくは一層外套《がいとう》の襟に顔を埋めながら言った。「その写真もあるのですか？」

青白い係官は病的に見える微笑を浮かべた。頬《ほほ》に赤みを差すために、血液をあげたいくらいだった。

「バニーのことですか？」係官は答えた。「いえ、ここにはありません。ここにはもっぱら本物の犯罪者だけを展示しているのです。バニーはそれに当たらないのです。まあラッフルズにくっついて歩いてはいたが、言ってみればそれだけのことでしょう。一人ではまったく駄目でした。自分の旧家に盗みに入ったときも、盗んだものを持ち出す勇気がなくて、ラッフルズがもう一度それを取りに行かねばならなかったぐらいですから（第八話参照）。ですから、バニーのことは考えていません。彼がどうなったかも分からない。まあお聞きになりたければ、無害な人間の部類に入るとお答えしたほうがいいようです」

ぼくは別に聞きたくはなかった。ただ外套の襟の中で暖かな呼吸を繰り返していただけである。ここでラッフルズが何か言ってくれないか、と思っていたら、彼が言い始めた。

「ぼくの覚えている一つの事件といえば」彼はこうもり傘でとんと大箱を叩《たた》きながら言った。「これがそうだね。この中に隠れてラッフルズはよく活躍した。この中にはいま何が入っているんですか？」

「何も入っていません」

「何か仕掛けがあるかと思ったんだが。留め金を外さずに出たり入ったりできる仕組みとか？」

「頭を出したりする、という意味ですね？」

係官は答えた。彼のラッフルズならびにその遺品に関する知識は、実際われわれを除けば群を抜いていた。彼は展示物の中から小さなナイフを取り出して大箱の上の留め金を外し、小さなはね戸を開いた。

「つまり天窓があるだけか――」ラッフルズはつまらなそうに、そう言った。

「まだ、他に何かがあるとお考えだったのですか？」係官は、はね戸を元通りに閉めながら言った。ご期待に添えずに申し訳ないという口調だった。

「後ろに出る裏口があるかと思ったのだがね」ラッフルズは答えながらぼくを物言いたげに見た。ぼくは笑いに誤魔化して横を向いたのだが、それがその日のぼくの最後の笑いだった。

そのときドアが開いて、本物の警部がわれわれのような見学者を二人連れて入ってきた。制帽をかぶり、その階級を示す制服の外套《がいとう》を着ていた。われわれに向けた視線は鋭く冷たく、何かを探るようなまなざしだった。われわれの案内者はラッフルズの遺品の置かれた隅からわれわれを反対側の窓の方に誘導した。

「あれはドゥルース警部です」係官は尊敬する口調でそうささやいた。「チョークファーム事件を担当されたのです。もしラッフルズが今生きていたら、彼が担当したでしょうね」

「もちろん、そうだろうね」というのがラッフルズの重々しい答えだった。

「あのように優秀な人材とラッフルズの対決ができないのは残念だ。それにしてもこの博物館では思いがけぬ人物に会えるのだね」

「必ずしもそうではないのです」と係官がささやいた。「あなた方のような見学者が何週間もないことがあります。あれは警部がお知り合いを連れて、チョークファームの写真を見せにこられたのだと思います。結局あれで犯人は処刑されたのですから――。面白い写真がたくさんありますよ。ごらんになりますか？」

「あまり時間がかからないのならね」とラッフルズは言い、時計を取り出した。そこで係官はちょっと席を外したのだが、その間にラッフルズはぼくの腕を握った。

「これはちょっとまずいことになった」とラッフルズは言った。「でもここで兎《うさぎ》のように逃げ出す訳にはいかない。そんなことをすれば一巻の終わりだ。きみは一心に写真を見るふりをして、ぼくの顔を見ないこと。あとはぼくにまかせろ。できるだけ早い汽車に乗るつもりだが――」

　ぼくは無言でこれに従うことにした。状況を考えるとそれほど不安ではなかった。敏腕警部として評判の高いことをよく承知している人物と同室していることに、ラッフルズが過剰な反応を示さなかったことも気を楽にしていた。ラッフルズは年をとって外見も変わっていた。それにしても、万が一素性が知れた場合にえらいことが起こるという認識は持っているはずだった。でも、著名な警部がぼくのような、有名でない犯罪者を見分ける可能性は極めて低かった。第一、ぼくについても昔話になっているはずだった。むろん危険がまったくないとは言えず、ぼくは殺人者やその被害者の恐ろしい写真のアルバムを、係官の傍でかがみこむようにして見ながら、表情を動かさないようにしていた。それらはぼくの犯罪に対する病的な興味を満足させてくれたが、ラッフルズは残虐な殺人事件にも、うわべだけであまり興味を示さなくなっていた。呼びかけても返事がないので、見回すとラッフルズの姿は消えていた。三人が一つのケースの写真を見ており、また新たに入館した三人が別の展示を見ていたが、ラッフルズの姿はどこにも見えなかった。

幸運にも係官はアルバムに熱中していて、彼が振り向いたとき、ぼくは驚きを隠すことに成功した。そして、何とか言い繕《つくろ》う方法を考えた。

「ぼくの友人はとてもせっかちでして」とぼくは言った。「汽車に間に合わないというもので、挨拶《あいさつ》もせずに行ってしまいました」

「ぜんぜん気づきませんでした」係官は不思議そうな顔をしていた。

「ぼくもそうです。彼はぼくの肩を叩《たた》いて」とぼくは嘘《うそ》をついた。「何かを言い残したのですが、何しろぼくはこの恐ろしい写真にすっかり気を取られていたもので。多分、先に行くからよろしく、とでも言ったのでしょう。まあいい、ぼくの方はちゃんと見ますから」

わが友人の異常な行動が何らかの疑いを起こすことを恐れて、ぼくは著名な警部とその友人がラッフルズの遺品を見ながら、ぼくの鼻先でぼく自身の名前を説明しているのを聞き、彼等が見終わって去った後も会場に留まっていた。会場はぼくと貧血症の係官だけになった。ぼくはポケットに手を突っ込んで横目で彼を見た。彼にチップをあげたものか、と考えていたのだ。ぼくは別にけちというのではなかったが、あまりチップをあげることに慣れておらず、どんな場合にどのくらいあげればいいか、よく分からなかったからだ。このような場合にあげて却って気まずくなっても困ると思った。でもあげたことは正解だった。彼は銀貨をすんなりと受け取り、もし記事を書かれたらぜひ拝見したいと言ったのだ。ぼくが書くのは数年後のことになるだろうが——。でも彼がそれを見たらさぞ驚くだろうと思った。

通りに出たときには、夕暮れがせまっていた。聖ステファン寺院の彼方の空は一瞬夕焼けに輝き、すぐ怒った顔のように暗くなった。街灯がともった。ぼくは、それぞれの街灯の下にラッフルズがいるような気がして探して歩いた。それから何となく駅で待っていたのだ、という気がした。でもリッチモンド行きの汽車にぼくが乗らなかったから、先に帰ったのだろう。ぼくは橋を渡ってウォータールー駅に行き、テディントン行きの汽車に乗った。この方が歩く距離が短かったのだ。ぼくは白い霧の中を川沿いに歩き、ハム・コモンの住まいに戻ってきた。ちょうど、われわれの快適な借家で夕食が始まる時間だった。日よけ越しにはちろちろ燃える暖炉の火だけが見えていた。戻ったのはぼくだけだった。ラッフルズがロンドン警視庁でぼくの傍を離れてから、四時間が経過していた。どこに行ったのだろう？　われわれの女主人はぼくを抱きしめてくれ、心をこめて作った夕食を出してくれたが、ぼくの心はまことに憂鬱《ゆううつ》で、せっかくのご馳走も楽しめなかった。

深夜になっても何の音沙汰《おとさた》もなかった。でもずっと前に女主人には、ミスター・ラルフ（と彼女は呼んでいた）は何か劇場に行くようなことを言っていましたから、と言ったのだが、ぼくの表情も声もそれが嘘《うそ》をついているのはみえみえだった。彼女は就寝前にサンドイッチを届けてくれた。ぼくは居間の暖炉の前に椅子《いす》を置き、それに座って夜を過ごすことにした。心配で暗い寝室などで寝たくはなかった。それでいてラッフルズを探しに行くことはためらわれた。彼がいそうなところは一ヵ所しかなかった。そこに行くことはラッフルズを助ける前にぼくの身が滅びる恐れがあった。彼が警視庁を出るのを誰かに見とがめられたのだ、というのが次第に確信に近くなっていた。そこで拘置されたのでなければ、新たな隠れ場所に逃げ込んだのだ。もし捕まっていれば朝刊に載るに違いない。いずれにしても、これは彼の犯した過ちのせいなのだ。なにしろ彼は自らライオンの口に頭を突っ込んだのだ。それが閉じる前に頭を引っ込めただろうか？

ぼくのひじのところにはウイスキーの瓶があった。そして、そのおかげでいささか不安から救われることになった。ぼくは暖炉の火の前でぐっすりと眠った。目を覚ましたときランプはまだ灯っていて、暖炉の火も燃えていた。突然ぼくは椅子の中でからだを回した。ぼくの後ろの椅子にラッフルズがいたのである。ドアが開いていて、ラッフルズは静かにブーツを脱いでいた。

「起こしてしまって悪かったね、バニー」と彼は言った。「鼠《ねずみ》のようにこっそりと行動できると思ったのだが、三時間も歩いていたので脚が棒のようになっていてね」

立ち上がって首根っこを抑えたかったが、そうはしなかった。椅子に座ったまま、彼の無神経な態度に苦々しく目をしばたたいたのだ。ぼくがどんなに心配していたか少しは気にしてもいいと思った。

「都心から歩いてきたのかね」ぼくはそれが彼の習慣であるかのように、無表情に聞いた。

「警視庁からね」彼はそう答えて靴下を履いた足を火にかざした。

「警視庁だって？」ぼくは叫んだ。「やっぱりそうだったのか。ずっとあそこにいて、それから逃げだしたのだ！」ぼくは興奮して立ち上がった。

「もちろん、そうしたさ」ラッフルズは答えた。「警視庁から出ることは難しくないと思っていたんだ。そして実際思ったよりずっと簡単だった。入口のカウンターみたいなところに行ったらね、デスクの警官は居眠りをしていた。だから彼を起こして、向こうに停まっている二輪馬車に何やらあやしい鞄《かばん》があるんですが、とやるのが安全だと思ったのさ。そのあとの対応ぶりはまことに紳士的で市警察の立派さを証明した。もっと野蛮な国の警察だったらああはいかない」

「それにしても君はどうやって?」とぼくは聞いた。「いつ、そしてなぜ?」

彼は外套《がいとう》を着たまま消えかかった火の前に立っており、その眉《まゆ》を上げてぼくを見下した。

「いつ、どうやって、というのは君の想像通りだ」と彼は謎《なぞ》めいた答え方をした。「そして、なぜ、に関してはここでちょっと告白しなくてはならない。わざわざ警視庁まで出かけていったのは、君に説明したほかにぼくとしては、そうしたい理由があったのだ」

「ぼくが聞きたいのは、なぜ行ったかではない」ぼくは叫んでいた。「なぜ君があそこに留まったか、だ。またはなぜ戻ったのか、何をしたのか、ということさ。ぼくは彼等が君を捕まえたと思ったんだ。だとしたらどうやって逃げた?」

ラッフルズは首を振りながら微笑《ほほえ》んだ。「いやいや、バニー。ぼくは個人的な理由で訪問を長引かせただけだ。その理由は全部説明するとしたら長い時間を要する。出てくるときは重かったなあ。振り返れば見えるよ」

ぼくは自分が一夜を過ごした椅子《いす》を背に立っていた。その後ろには丸テーブルがあり、ウイスキーの瓶とサンドイッチが置かれていた。その脇《わき》にラッフルズの遺品として犯罪博物館《ブラック・ミュージアム》の、あの大箱のそばに展示されていた夥《おびただ》しい品物が並んでいた。ないのは大箱だけだった。ぼくが発射音を聞いたことのあるピストルがあった。血のついたブラックジャックがあった。錠をこじ開ける道具、その錠に流し込むオイル、音を消すためにかぶせるビロードの袋、縄ばしご、それをかけるために使う伸縮自在の棒、回し錐《きり》とくさび、皇帝のパールを隠した薬《やっ》莢《きょう》までちゃんとあった。

「メリー・クリスマス！」ラッフルズは言った。「ぼくが入ってきたとき君が起きていなくて残念だったね。これらをここにならべていくのは、すごくいい気分だったよ」

ラッフルズはぼくが単に椅子の中で眠ったと思ったのだろうか？　ぼくが心配して起きていて、ついに眠ってしまったことなど知らないのだろうか？　ぼくの腹立ちは限界に達しつつあった。でも辛うじて踏みとどまっていた。

「どこに隠れていたんだ？」ぼくは不機嫌に聞いた。

「警視庁の中にきまっているじゃないか」

「それは分かるが、中のどこさ？」

「聞きたいのか？」

「もちろんさ」

「昔、隠れたところさ」

「まさか、あの大箱の中じゃないだろう？」

「それだ」

二人はしばらくお互いの目を見つめ合った。

「最終的にあれに隠れたのは分かる」ぼくは認めた。「でも、最初はどこに消えたのさ。ぼくの後ろにいたと思ったらいなくなったじゃないか。どこに行けばいいか、分かっていたのか？」

「どこにも消えた訳ではない」ラッフルズは言った。「君の後ろにいただけだ。そこで箱に滑り込んだのさ」

「あの大箱にか？」

「その通りだ」

ぼくは突然笑いだした。

「その後は大箱の隙間《すきま》からここにある展示物を見ていた。あの警部が友人に説明するのも見ていた」

「ぼくにもその声は聞こえていた」

「あそこにいたとき、ぼくが係官にあの箱の中には何かはいっていますか？　と聞いたのは覚えているだろう」

「うん」

「つまり、中が空であることをあそこで確認したかったのだ。それから、天窓のことを聞き、また後ろに戸がついているかと聞いた」

「うん、覚えている」

「あのときには、なぜそんなことを聞くのか分からなかっただろう」

「意味のある質問だとは知らなかった」

「そうだろう。ぼくとしては警視庁のだれかが、あの箱には裏口が作ってあることを調べたかどうかが知りたかったんだ。昔、君の家からあの大箱を持ち帰ったときに裏口をこしらえておいた。あるレバーを押すとね、まるで人形の家のように裏口がぽっかり開くのさ。上部の仕掛けは簡単だ。でもあれをつけておいてよかった。まあ、上の仕掛けは銀行でも分かったしね、ぼくの家でもいざこれが必要になるとき、上部の仕掛けは分かってしまうし、閉められる恐れもある。だから、裏口が必要だったのさ」

　ぼくはなぜそのことを教えてもらえなかったのか、箱を改良したときではなく、あとになって二人の間にほとんど秘密がなくなっていても教えてもらえなかったのか、と聞いた。それはぼくが自尊心を傷つけられたからではなくて、単に信じられないことだから聞いたのだ。ラッフルズは答える代わりにじっとぼくを見ていた。そして、ぼくはその視線の中に答えを知った。

「わかった」ぼくは言った。「君はぼくから逃げるためにも、あの大箱を利用したのだ」

「バニー、ぼくは決して愛想のいい人間ではない」彼は答えた。「でも君が君の家の鍵《かぎ》をぼくに渡してくれたとき、ぼくは自分の家の鍵を渡さない訳にいかなかった。あとで君のポケットから取り返したがね。ぼくが君に会いたくないと思ったとき、人間社会そのものがいやになったときのためなのだ。それは君との友情すら否定せざるを得なくなったときだ。そんなことは、一度か二度以上起こった訳ではない。これだけ長い時間のあとでは、君も許してくれるだろう」

「それは、その通りだ」ぼくは苦々しく答えた。「でも今回の件は別だよ」

「どうして？　ぼくはこのことで、いろいろ考えて決心した訳じゃないんだ。単に思いついただけだ。あそこに有能な警部がいなかったら、迷わずには決心しなかっただろう」

「そして、君の消息はまったく聞かなかったし！」ぼくのつぶやきには、なぜか自然と賞賛の調子が含まれていた。

「でももしかすると、まずいことになる」ぼくはやや重大な口調で付け加えた。

「なぜだい？　バニー」

「われわれの入館証から足がつくかもしれない」

「あれを渡してきた訳じゃないだろう？」

「でもあれはほんの少数しか発行されない」

「そうだ。何週間も入館者がいないこともあるそうだね。そのことはぼくがちゃんと調べたのだ。ぼくは心配していない。というのは、彼等は本物の展示物が紛失したのを発見するまでには少なくとも二、三週間はかかるからさ」

ぼくにも仕掛けが読めてきた。

「見つけてもここまで辿《たど》り着けるだろうか？　第一、ぼく達を疑うだろうかね？　ぼくは早く失礼したが、ぼくがしたことはそれだけだ。君はぼくが居なくなったことをうまく処理してくれた。ぼくが教えていたってあんなにうまくはいかない。君を全面的に信頼していたぼくの自信を裏づけてくれた。でも君がぼくを信頼してくれなかったのは悲しいな。朝になって掃除に入る人間に、すぐ展示物の盗難が分かるような状態でぼくがあの場を去ると思うか？」

ぼくは必死にそれを否定したが、でも次第に自信がなくなっていった。

「君は展示品の上にほこり除けの紙がかけてあったのを忘れたのかい？　他にもたくさん

のピストルやブラックジャックがあちこちに展示されていたのを忘れたわけじゃないだろう？　ぼくはそれらをぼくの展示品と入れ替えて、あとは適当に混ぜて、ちょっと見たところどこも変わっていないようにしてきたのだ。縄ばしごだって、ぼくのではないが、ちゃんときれいに巻いて大箱の上に展示してきた。まあ、しいて言えばビロードの袋は代わりがなかった。縄ばしごをかける棒は似たような棒と取り替えてきたがね。皇帝のパールを入れた薬莢《やっきょう》は似たようなのを見つけた。われわれを案内してくれた奴ね、まあ彼ならよく見ればその違いを見つけて、われわれと結びつけないともかぎらないがね。でも彼が説明するとしても、ほとんど困らないほど似たようなのを置いてきた。当分は彼が案内することすら起こらないんじゃないか？」

ぼくもこの二、三週間に何かが起こることはあり得ないと認めた。ラッフルズは手を差し伸べた。

「じゃあ、もう一度友情の握手をしよう。そして平和にサリバンを吸うことにしよう。まあ二、三週間のうちにはきっといろいろなことが起こるよ。そして、これがぼくの最後の盗みになるかも知れないじゃないか。まあぼくとしては、このような感傷的な盗みよりも独創的な盗みで終わりにしたかったが、でもこれは極めて自然で終わりにふさわしい盗みだったと思うよ。いや、別に約束はしないよ、バニー。これらを取り戻した以上また使いたくなる誘惑にも負けそうだからね。でもわれわれを興奮の渦に巻き込んでいるボーア戦争のことを思うとね、二、三週間のうちに何かが起こると思う」

このときすでに彼は義勇軍として前線に行くことを考えていたのだろうか？　自分の命を国へ捧げる決心をしていたのだろうか？　死ぬ決心を？　ぼくには分からないし、知るよしもない。でも彼のことばは奇妙に予言的だった。そして実際に三週間の後には、わが帝国は危機に直面し、多くのビクトリア女王統治下の若者はイギリス帝国の旗のもと、南アフリカの草原で戦うという状況に立ち至ったのだ（第二巻、最終話参照）。今となってはこれも歴史になってしまった。でもぼくはラッフルズの最後の事件のあとの彼の言葉を、その手の感触や、疲れた眼の輝きとともに、今ありありと思い出すのである。

第十話　最後のことば——The Last Word

ラッフルズの物語を、この情愛にあふれたな甘いことばで締めくくれることはすばらしいと思う。これはぼくに送られてきた手紙で、ラッフルズの読者にとって意味を持つ以上に、ぼくにとっては重要な意味のある手紙だった。

そして、この手紙の持つ淡い影は、ぼくがある人物に感じていた魅力の何分の一かを表現していた。それは彼をよりよく思わせ（それよりほかには考えられない）、あの英雄とぼくのつながりを伝えるものとなる。

この手紙は非情なできごとのあとの苦悩と眠れぬ夜から、ぼくを立ち直らせる癒しの手紙となった。だから、最後の部分（氏名）を除いてすべてを掲載することにしたい。

親愛なるハリー様

昨日計らずもお会いした時、あなたに申し上げることのできたわずかな言葉を、ご理解にならなかったことと存じます。あなたにつれなくする気持ちはまったくありませんでした。あなたが残酷なまでに傷つき、悲しんでおられる姿を見てたまらなくなりました。何が起こったのかをとうとうあなたに語らせてしまったことは後悔しておりません。私はあなた方を名誉に思い、またうらやんでおります、新聞を賑《にぎ》わせた恐ろしい事件の中の名前も――。私はラッフルズさんのことは存じておりますが、あなたの消息は知りませんでした。彼についてぜひお伝えしたいことがありましたが、それは道端の数分の会話でお話できるものではありません。話しことばにはできないからです。ですから、このお手紙に書くためにあなたのご住所をお聞きしたのです。

あなたは私があたかも「ラッフルズをよく知っているように話す」と言われました。もちろん、私はあの方がクリケットをやっておられるのをしばしば拝見しました。むろんあなたから彼のことを聞いていました。でもお会いしたのは一度だけです。でもそれはあなたと私が最後にお会いした夜のことなのです。私とラッフルズさんが翌日あそこで会ったことをご存じだったのだと思っておりました。昨日初めて、私はあなたがそれをご存じなかったことを知りました。そこで私はすべてをあなたにお話する決心をしたのです。

あの夜――といっても次の夜ですが――皆はいろいろなところに出かけ、私はパレス・ガーデンズに残っておりました。私は夕食のあとで客間のある二階に上がっていきました。そしてちょうど灯をつけようとしたとき、ラッフルズさんがバルコニーから入ってきたのです。私はその前日、ローズのクリケット場で彼が百点入れるゲームを見ていましたので、すぐに彼であることは分かりました。でもそんなことがあるとは思ってもみなかったので、私は驚きました。正直言ってそれは、楽しい驚きの部類には入らなかったと思います。でも勘で彼があなたと別れてきたのだと思いました。そして正直なところ、ひどく腹が立ったのです。でもすぐに彼は、ここにくることをあなたは知らないのだと言いました。あなたは彼がここにくることを許さないのだと。でも彼はあなたの親友だから、つまり私の友人でもある、と（言われた通りを書く、と申しましたね）。

われわれは黙って向き合っていました。私は人間の率直さと誠実さを確信したことはなかったのですが、でも彼は私に対してまことに率直で誠実であり、あなたに対しても誠実でした。まあ、前後のことはともかく、あの夜はそうだったと思います。そこで私はなぜこられたのか、何が起こったのかを尋ねました。彼は何が起こったかではなく、何が起こりかかっているかが問題なのだと言われました。そこで私は彼があなたのことを考えているのか？　と尋ねました。彼はうなずいて、私はあなたがされたことをよく知っているはずだ、と言われました。でも私はラッフルズさん自身がご存じかどうか分かりませんでしたので、彼にあなたが何をしたのかを言わせようとしました。彼は私と同じことを知っているといい、あなたが前夜にこの家にきた二人組の一人だった、と告白しました。私はしばらく黙っていました。彼の態度には分からないことが多かったからです。ついに私はどうしてご存じなのか、と尋ねました。その答えを聞く勇気が出たからです。

「というのは、ぼくがそのもう一人だったからだ」彼はとても静かにそう言いました。「ぼくが彼を唆《そそのか》してこの仕事に引き込んだからなのだ。かわいそうなバニーが苦しむのを見るよりは、話してしまった方がいいと思ったのだ」

というのが彼の説明でした。彼は私を安心させるために呼鈴のところに行き、私が助けや保護が必要なときは、いつでも鳴らせるように身がまえました。もちろん、彼は私に呼鈴を鳴らさせるようなことはしませんでした。でも最初は彼の話は信じられませんでした。それから彼は私をバルコニーに連れ出し、彼がどうやって登り、侵入してきたのかを教えてくれました。彼は二晩続けて侵入したのです。最初の夜はあなたに嘘《うそ》をついて連れてきたそうです。私が彼の話を信じるようになるまでには、長い時間が必要でした。でも彼がきたときと同じ方法で戻って行く前に、私はこの世でたった一人、あの偉大なクリケット選手のA・J・ラッフルズが、同様に偉大な悪人の「貴族泥棒」ラッフルズと同一人物であることを知る女性となったのです。

彼は自分の秘密を話し、私の慈悲を乞いました。その命も私の手に預けていいと言いました。ハリーさん、彼は自分を犠牲にしても、あなたが私に正しく理解されるよう望んだのです。そして昨日、自分を犠牲にしてもあなたを助けようとしたが駄目だったということを、彼はあなたにそれを言わずに亡くなってしまい、あなたはご存じないのだということが分かりました。ハリーさん。私は今になってあなた方の友情がよく理解できます。そしてあなたが長いことその友情に生きてきたことを。あれほどの友情の絆《きずな》を持つ人間がこの世に何人いるでしょうか？　あの夜以来、程度の差はあるにせよ、私はそれを理解できた一人だと思います。あなたにはお話しなければと思いつつ悲しかった。ハリーさん、私は理解していたのです。

彼は極めて単純かつ率直に自分の人生を語ってくれました。彼がしてきたことを聞くのは素敵でした。私が座って、じっと彼の話に耳を傾けていた時間はとてもすばらしかった。そのときのことはよく思い出しますが、でもそれについて深く考えることは長いことしてきませんでした。ラッフルズさんには独特の人を引きつける力が備わっていて、あなたも私もそれに抗することはできません。彼には人格の強さみたいなものがあり、それは単なる強い性格というのとは違うと思います。それに惹《ひ》かれてしまうと、通常の道徳律から離れてしまう。あなたは、あなたがなさってきたように、彼に惹かれ、彼に従った唯一の人間だと思われる必要はないと思います。彼は彼自身にとってはすべてがゲームだった、と言いました。そして、そのゲームは常に興奮させるものだったし、危険とドラマを伴うものだったと。そのとき、私も心の中でそんなゲームにあこがれている自分を見ていました！　別に彼は私にそのような非凡な知性があり、あるいは逆説的な倒錯があるように扱ってくれたのではありません。それはまさに彼の自然な魅力とユーモアのなせる業だったのです。そしてその中に含まれる悲しみの影が深く心に突き刺さり、理性や正邪の感覚を麻痺《まひ》させるのです。魔力とでも言えばいいのでしょうか。でもそれだけではすまない多くのものが彼の中にはあるようです。それは人間の深さです。重みとでも言ったらいいのでしょうか。どうか誤解なさらないでいただきたいのですけれど、あのような状況で、一人の女はその話に引き込まれてしまったのです。彼がそのような人生を送られたことに深く心を揺さぶられました。そして、ふとわれに返って、もうそんなことはおやめになって、と嘆願したのです。膝《ひざ》を抱えてしまったとは思いませんが、でも泣いていたと思います。それで終わりでした。彼は見ないふりをして、突然冗談を言って、私の涙と、その場の時間を止めてしまいました。そのスマートさは何よりも心に残りました。私は彼と握手がしたかった。でも彼は首を振っただけでした。でもその瞬間、堂々として陽気だった顔に一瞬悲しみの影が差しました。次の瞬間、彼はやってきた通りの恐ろしい方法で姿を消したのです。家の中の誰一人として、彼がきたことは知りません。そして、あなたもこのことはご存じなかったのです。

私は私よりもよくご存じのお友達について書くつもりはありませんでした。でもあなたも、彼がどんなに献身的に彼があなたになさった悪を修復しようと努めていたかが、これで分かっていただけると思いました。そして、同時に今、私は、そのことをなぜ彼が自分の胸だけにしまっていたかも分かります。もうあまりにも遅すぎるか——または早すぎるか——分かりませんが、あの夜のことをできるだけ手短に書こうと思いました。ハリーさん、実は私はできればそうしますとラッフルズさんにお約束したのです。それで、以前にも私は手紙を書いたことがあるのです。そして、あなたにお会いするつもりでした。でもそれにご返事はありませんでした。それはただ一行の手紙でしたが、おそらく受け取られなかったのだろうと思っています。それ以上書くことはできませんでした。その短いお手紙はあなたが下さった本に挟んでお返ししたので、何年かの後にはあなたのお部屋で、私の名前の入った本と一緒に見つかるだろうと思ったのです。でもその本は誰かの手で私の手元に戻ってきてしまいました。手紙は挟んだ場所にありましたから、あなたはお読みにならなかったのだと思います。もちろん、そうです。でもこれは私が悪いのです。でももはや再び書くことはできません。ラッフルズさんは水死され、あなたがたのことは世間に知られてしまいました（第一巻、最終話参照）。でも私は私だけが知ることは胸にしまっています。今日に至るまで、あなたがパレス・ガーデンズを襲った二人組の一人であることは誰も知りません。それ以降に起こったことの大部分はあなたが思われる以上に、私自身のせいだと思っているのです。

　昨日あなたは「戦争に行き、傷を負ったのだが（第二巻、最終話参照）、そのために以前のことが消えた訳ではなかった」と言われました。私はあなたが昔のことをこれ以上悩まれないように祈ります。私はそれを許す立場にありませんが、私はラッフルズさんが危険と冒険を愛したがゆえに、あのラッフルズさんだったことを知っていますし、そのラッフルズさんを愛するがゆえにあなたがあなた自身であったことも分かります。でもそれを認めても、悪い状況に変わりはないでしょう。彼は死んだのですし、あなたは罰を受けた。世間は忘れないとしても許してはくれるでしょう。あなたはまだ若いので汚名をそそぐ生き方ができるでしょう。戦争に行かれたことも何かの助けになるでしょう。あなたは常に書くことがお好きでした。今や一生書いてゆかれる材料を十分お持ちです。新しい名前をおつけなさい。そうなさい、ハリーさん、あなたにはできます。

私の伯母メルローズ夫人が何年か前に亡くなったことはご存じと思います。彼女は私にとって最良の友達でした。私が今一人で自由に生きてゆかれるのも、彼女のおかげです。ここはあなたにはおなじみの、新たなアパート群の一角にある一室で、小さくはありますが一人暮しには十分です。人は結局、好きな生き方をするようになるものです。これまでに言ったこととやや矛盾すると言われるかもしれませんが——。でもなぜ私がすべてをここに書き綴《つづ》ったかをお分かりいただきたいのです。私はもうこれ以上過去について言いたくも聞きたくもないから、そうしたのです。これ以上危険を背負いたくないからだ、と思われるでしょうね。でも、いつか古い友人として私に会いにきてくださるとすれば、一つか二つは新しい接点を見い出すことができると思います。私も何か書きたいと思うのです！　この手紙からあなたも何かを想像なさると思います。いろいろ想像して下さい、ハリーさん。あなたの古い友達の一人があなたに会えて嬉《うれ》しかったのだと思ってください。そして、またお会いできたらもっと嬉しいのだと。そして、過去以外のことならたくさんお話がしたいのだ、と。長くなって恥ずかしい。もうやめます。

では、今日のところはとりあえず、さようなら、××××××より。

キャムデン・グローブ・コート　三十九番地

一九〇〇年六月二十八日

彼女の名前は省いたが、それ以外はまったく原文のままである。初めにこれはぼくの名前を傷つける手紙ではないと書いたと思う。にもかかわらず、ぼくの心の中では、罪の忌まわしい感情を消し去ることができずにいる。それは人間の自然な感情だろうが、ずうずうしいという気持ちはペンを持つ指を震えさせる。でも、ぼくとしては、ぼく以上に気高く償いを実行した友のことを思いながら、償いの世紀を生きなければならないと思うのである。

これを最後の言葉にしたい。ラッフルズからは何の消息もない。

（完）

訳者あとがき

この本は二〇世紀の初めにイギリスで出版された「ラッフルズ」の三冊目*A Thief in the Night*の邦訳である。一、二冊目で書きもらしたエピソードを集めたのが三冊目なのだが、同時にこれはバニーの恋の物語でもある。ラッフルズは上流階級の出身で、イギリスでもっともポピュラーなスポーツ「クリケット」の名選手なのだが、ふとした動機で泥棒稼業をスポーツのようにやりはじめ、これにも天才的な才能を発揮する。一冊目（『二人で泥棒を——ラッフルズとバニー』：論創海外ミステリ既刊）、二冊目（『またまた二人で泥棒を——ラッフルズとバニーII』：論創海外ミステリ既刊）は、いずれもこの冒険（？）を通じての、ラッフルズとバニーの男の友情の物語なのだが、三冊目には珍しくバニーがある事情から疎遠になってしまった女性への想いが語られている。

三冊の「ラッフルズ」を読みすすんでいくうちに、彼等の人生はひとごととは思えなくなってくる。イギリスで一世紀以上も読まれつづけている秘密はこのあたりにあるのだろう。ニューヨークのカーネギーホールの裏にミステリ専門の書店を経営し、ミステリ評論家としても名高いオットー・ペンズラー氏は「ラッフルズ」の熱狂的なファンで、世界各地で出版された

「ラッフルズ」を一〇〇冊近く収集している。そのオットーと食事をしながらこの本の話を聞いたのが、邦訳するきっかけになった。むろん邦訳本もオットーのコレクションに加わっている。

　原作者のアーネスト・ウイリアム・ホーナングは一八六六年、日本でいえば明治維新の前年に生まれ、一八九三年に一連のシャーロック・ホームズものを書いたコナン・ドイルの妹コンスタンスと結婚した。ホームズの活躍を記録したワトソンにあたるのが、ここではバニーということになるが、ホーナングも彼と同じく名門私立校のアッピンガム・スクールに通い、ラッフルズと同様クリケットをやり、オーストラリアで二年間をすごしている。

　一九世紀末のイギリスの知識人読者を想定して書かれているだけに、ギリシャ神話はじめ、さまざまな古典や詩が当然のことのように引用されている。一般の日本人にはいささかなじみ薄いことを考慮し、訳するにあたって読みやすく直したことをお許しいただきたい。

解説――ラッフルズの世界

住田忠久

原著者について

ラッフルズ・シリーズの原作者、アーネスト・ウイリアム・ホーナング（Ernest William Hornung）は、イギリスの作家でジャーナリスト。一八六六年六月七日、ヨークシャー（イングランド北東部の旧州）のミドルスボローで生を受けた。弁護士だった彼の父ジョン・ピーター・ホーナングはトランシルヴァニア出身で、ウイーンで学業を終えた後、一時、ハンブルグの船舶会社で働いていた。その後、ミドルスボローに移住した彼は一八四八年にイギリス人女性と結婚し、子宝に恵まれた。ウイリアムは、八人兄弟の末っ子として生まれ、〝ウイリー〟の愛称で可愛がられた。Ｅ・Ｗ・ホーナングはモファットの寄宿学校で学んだ後、一八八〇年にアッピンガムのパブリック・スクールに入学し、自身の最初の作品を「アッピンガム・スクール・マガジン」に発表した。また、同校在学中にクリケットに興味を持ち、当時最も優れた学生チームの一つだった、〝アッピンガム・イレブン〟の一員として試合に出場するようになり、弱視のうえに幼い頃から喘息を患っていたにもかかわらず、有能な選手として英雄的な活躍をしたと伝えられている（この頃、彼に影響を与えたと言われているのが、彼が入っていた寮の寮監で、しばしば寄宿生達とクリケットに興じていたA・J・タックという人物で、彼が後に創造する小説の主人公、A・J・ラッフルズの名前の一部が、この寮監の名に由来するのではという意見がある）。だが、持病の喘息が悪化したため、一八八四年に学業を止め、医師の勧めにより、体質を改善すべく、オーストラリアに移住することとなった。彼はその地の穏やかな気候の中で楽しい日々を送り、広大な自然の広がるその環境に魅せられ、帰国後、この時の体験や同地の伝承を元に、オーストラリアを舞台とした作品 *A Bride from the Bush*（一八九〇）、*The Boss of Taroomba*（一八九四）や、盗賊の活躍を描いた *Stingaree*（一九〇五）といった作品を手掛けている。

　彼がイギリスに帰国したのは一八八六年で、ちょうど二十歳になったばかりの時であった。帰国後、当時の社会情勢や犯罪事件に興味を持った彼は、ジャーナリストとしての活動を開始し、ロンドンの新聞や、「コーンヒル・マガジン」、「テンプル・バー」といった雑誌に匿名で記事を書くようになる。その後、「ストランド・マガジン」や、「アイドラー」誌にも寄稿するようになり、同誌の寄稿家だったコナン・ドイルと知り合う。彼等は共に〝アイドラーズ・クリケット・チーム〟のメンバーとして活躍し、親しい間柄となる。ドイルと交友関係を深めていったホーナングは、当時ドイルと一緒に暮らしていた彼の妹、コンスタンスと会う機会が多くなり、目もと愛らしく、上品で端正な彼女の魅力に惹かれるようになる（彼女は相当な美貌の持ち主だったらしく、求愛者が後を絶たず、彼等の多くが、彼女をヨーロッパじゅう追いかけまわしていたと伝えられている）。文学と芸術という彼等共通の趣味も手伝ってか、二人はどんどん親しくなり、それまで多くの男性からプロポーズを受けながら断り続けていたコンスタンスも、遂にこの、きりりとしたものごしの、抜け目のない知的な口調で話をする青年に心を奪われてしまったのである。

コナン・ドイルは、彼等を温かく見守り、二人がテニスに興じている姿を見つけると、大変嬉しがったという。その時、コンスタンスは長いスカートを優美にふりうごかしながら、麦藁帽子に白ランネルのズボン姿のホーナングが放ったボールを打ちかえしていた。それは、ホーナングが二六歳の時の、ある夏のひとときであった。

その年の一二月、ホーナングとコナン・ドイルは、同じクリケット・チームの仲間で、作家の、ジェローム・K・ジェロームとともに、スコットランド・ヤード（ロンドン警視庁）のブラック・ミュージアム（犯罪博物館）を訪れており、この時得た知識が、後のラッフルズ・シリーズに生かされたのだと推測される。

翌年の一八九三年九月、ホーナングはコンスタンスとめでたく結婚。その二年後、息子のオスカーが誕生した。彼等が結婚した直後、ドイルのホームズ・シリーズが「最後の事件」をもって完結したが（後に読者の要望で復活した）、その人気は凄く、多くの作家たちがこの人気に乗じ、競い合ってホームズに似た探偵の活躍する作品を発表し始め、書店の店先は、ホームズの亜流で溢れ返っていた。そんな時期にあって、ホーナングは他の作家とは違い、探偵の代わりに泥棒を主人公にし、ホームズもののパロディ的な要素も含んだ、ラッフルズ・シリーズを世に送り出した。最初の六編が「キャッセルズ・マガジン」に連続掲載されたのは一八九八年のことであった。

翌年、読者に支持を受けたラッフルズ・シリーズは、最初の六編に二編を追加して単行本の形で発売されることとなった。その際、〝A–C–Dへ、この形により敬意を表す〟というドイルに捧げたホーナングの献辞が付され、〝ドイルの義弟〟の作品として記憶されるとともに、その面白さによって、ホームズとならぶ小説の主人公として、ラッフルズの名は、永遠のものとなった。ホーナングはこの短編集『二人で泥棒を』（原題『素人強盗』：*The Amateur Cracsman*、一八九九）が好評だったため、『またまた二人で泥棒を』（原題『黒い仮面』：*The Black Mask*、一九〇一）、『最後に二人で泥棒を』（原題『夜の盗賊』：*A Thief in the Night*、一九〇五）、「正義のラッフルズ」（*Mr. Justice Raffles*、一九〇九）といったラッフルズ物を書き継ぐこととなり、その他、ユージン・W・プズブリーとの合作による*Raffles, The Amateur Cracsman*（一九〇三）と、チャールズ・サンソムとの合作による*A Visit from Raffles*（一九〇九）という二作の戯曲も発表した（これら二作の戯曲は日本でも上演された）。彼はこれらのラッフルズ物の他に、盗賊トム・エリクセンの活躍を描いた短編集「スティンガリー」（*Stingaree*、一九〇五）や、心理学を犯罪捜査に応用するジョン・ダラー博士ものの短編集「クライム・ドクター」（*The Crime Doctor*、一九一四）作品も残している。

一九〇七年、彼は、生涯の夢であったメリルボン・クリケット・クラブ（M・C・Cの略称で呼ばれている英国のクリケット連盟）のメンバーに選ばれ、母国を初めとする数々の世界的なクリケットの試合を観覧する機会を得る。

一九一四年、第一次大戦が勃発すると、喘息を患っているにもかかわらず、彼は志願兵として対空部隊に入隊し、二年間の軍務に就いた。その兵役の真っ最中の一九一五年、エセックス連隊に所属していたひとり息子のオスカーが、イープル（ベルギー北西部のフランス国境近辺の都市で、当時の激戦区）で戦死した。

一九一六年、文筆家としての才能とその知識が買われ、YMCAの後援による図書館と兵士の休養所の設立のための人材としてフランスに派遣されて、ドイツ軍の激しい爆弾攻撃を受けていたアラス（フランス北西部の町）において、いかなる状況下でもひるむことなくその任務の遂行に努めた。

帰国後、この大戦における息子の死を含む様々な体験を基に、いくつかの詩や体験談を書き、失われたものの尊さと、その運命を悲しむ気持ちを訴えるとともに、戦争の凄まじさと、それがもたらす悲劇がどんなものであるかを語った。

その後、体調が悪化し、暖かい気候のもとでなければ長くは生きられないと悟った彼は、再びフランスに赴き、南フランスの小さなリゾート地、サン・ジャン・ド・リュズに住み着いた。

そこは、彼の崇拝する母国の作家、ジョージ・ギッシングが没し、埋葬されている場所であった。しかし、彼のこうした延命の努力も空しく、一九二一年三月二二日、五四歳にしてその生涯を閉じた。そして、彼の亡骸は、彼が崇拝したギッシングの墓のすぐそばに埋葬された。

ドイルとの交流

名探偵シャーロック・ホームズの原作者でありホーナングの義兄であったコナン・ドイルは、妹のコンスタンスとホーナングが結婚して一緒に暮らし始めた頃、当時はまだ売れていなかったホーナングの収入に不満を抱いていた自分の母親に、彼等の生活を援助することを提案してこれを実行し、彼等の生活を温かく見守ったと伝えられている。ホーナングはそんな義兄の温情に応えるかのように、ドイルの戯曲の執筆に手を貸したりしていたようだが、ドイルから「犯罪者を主人公にすべきではない」と忠告されても、これを聞き入れようとはしなかった。このことについて述べたものなのかどうかは定かではないが、ホーナングの死後、ドイルは彼のことを「学ぶことをしらない男だった」と記している。だからといって、ホーナングの才能を否定していたわけではなく、「優れた才覚をもっていた」とも述べており、次いで、「彼の作品は、どれも素晴らしいものであるが、彼の能力やその頭の回転の早さといったものは十分に示されていない」と語っている。また、彼の抜け目のなさと、ユーモアのセンスを物語る逸話として、ホーナングが上達できずに投げ出してしまったゴルフについて、彼が述べた言葉「止まっているボールを打つなんて、スポーツマンらしくない！」や、彼がホームズを評して言った言葉「ホームズはもっと謙虚な人間かもしれない。しかし、彼のような警察官はいない」等を紹介している（ちなみに傍点の原文は"there is no police like Holmes"で、旅先から帰ってきた多くの人が口にする慣用的な言葉「家が一番いい」——"There is no place like home"のもじりである）。これに対し、ドイルはラッフルズについて、「彼の有名なキャラクターであるラッフルズは、シャーロック・ホームズ（の立場）を反転させたもので、バニーはワトスンの役を演じているのだと言い返せるのではないかと思う」と述べている。

また、ドイルはホーナングの死の二年後、彼の初期の作品を集めて編集し、一冊の本に仕上げて、*Old Offenders and a few Old Scores* のタイトルで出版した。ドイルはこの本に自ら追悼の序文をしたため、次のように述べた——「彼は同情心が強く、意見が明快で、何かほんとうに気に入ったことに力を集中する場合には、その結果は、素晴らしいものだった」

右に挙げたいくつかの逸話から、この二人の作家がどれほどの友情で結ばれていたかが伺い知れて大変興味深い。ドイルはラッフルズが自分の作家としての名声に悪影響を及ぼすものだと思いつつも、何かとホーナングの世話をやき、この義弟に愛情を注いだのである。そんな二人の姿こそ、シャーロック・ホームズとワトスンであり、A・J・ラッフルズとバニーの関係そのものだと言えるのではないだろうか？　もしかすると、クリッケトの選手としても活躍し、かのクリケット巨人W・G・グレースをアウトにした事もあるコナン・ドイルは、ラッフルズのキャラクターの、モデルの一人であったのかもしれない。

二人は仲が良かっただけに、人からホームズとラッフルズを対決させてほしいと言われることもしばしばあったようだ。しかし、フランスのモーリス・ルブランがルパンとホームズを対決させたことにめくじらを立てたように、ドイルはこれに反対し続けた。だが後に、かねてよりホームズとラッフルズの対決する作品の執筆をドイルに申し入れていたアメリカのジャーナリスト、トランプル・ホワイトは、ドイルの自宅に招かれて数日間をドイルとその家族と過ごし、ある日、ホームズとラッフルズの夢の共演の実現について、ホーナングを交えて話し合いをする機会を得ることに成功する。

真夏の暑い日差しの中を、三人はドイルのオープン・カーでニュー・フォレストまで出かけ、その地の宿屋で昼食を共にしながら、その件について話し合ったが、ホーナングはあまり乗り気ではないようだった。

作家のフィリップ・アトキーの手記によると、この話し合いが行き詰まったところで、ドイルはこの件について、ホーナングと二人だけで話がしたいとホワイトに申し出て、辺りを散歩でもしながら話し合ってみると言って、ホワイトに宿屋で待ってもらうことにしたらしい。その時、ちょうど三時だったので、一時間後には戻ってきて結論を述べると告げ、その宿屋からホーナングと共に出て行き、二人は近くの丘の上に生い茂っているオークの大木の木陰に腰をおろして、作品のプロットも含めた様々な意見（対決の勝敗や物語の語り手をどう設定するべきか等）を交換し、この件に関して合意することになり、四時の鐘が鳴り響いたので、慌てて宿屋へ引き返したという。

その時、二人が腰かけていたオークの大木の上には、その日、学校をさぼって一冊の本を読んでいた少年がおり、二人の話し合いの一部始終を聞いていたらしいのだが、その少年こそが、幼い日のフィリップ・アトキーであり、後にホーナングの遺族よりラッフルズのキャラクター使用を許可され、およそ六〇作にも及ぶ新ラッフルズ・シリーズを、バリー・ペロウンの名義で書くことになった人物なのである。

その日の話し合いの結果、ホーナングとドイルの双方が許可した第三者が書くという事でこの件に関する許可が下りたのだが、第一次世界大戦の勃発と、その数年後にホーナングが死去したことによって、この計画は白紙に戻されてしまった。ラッフルズとホームズの顔合わせはスペインをおいて一九〇八年より始まった一連の戯曲作品――HOLMES Y RAFFLES、LA GARRA DE HOLEMS、LA CAPTURA DE RAFFLES O'EL TRIUNFO DE SHERLOCK HOLMES（三作品とも、一九〇八年発表、一九〇八年から一二年に出版）、MADIE MAS FUERTE QUE SHERLOCK HOLMES（一九〇九年発表、出版は一三年）――や、時を同じくしてデンマークのノルディスク社が制作した連続映画のシャーロック・ホームズ・シリーズにおいて既に実現しており、その後この二人は共に有名な映画の主人公であり続けることとなったのだが、彼等が小説の中で顔を合わせるのはずいぶん後になってからのことで、ヒュー・キングスミルの「キトマンズのルビー」（一九三三、『シャーロック・ホームズの災難』下、ハヤカワミステリ文庫）を初め、その他、代表的なものにはフィリップ・ホセ・ファーマーの「ソア・ブリッジの謎」（*The Problem of the Sore Bridge–Among Others*、一九七五）や、バリー・ペロウンによる「ホームズ対ラッフルズ」（*Raffles and an American Night's Entertainement*：邦訳ＥＱ'83年9月号、一九八三）等がある。

ラッフルズとフランス

ラッフルズは、欧米ではよく知られた小説の主人公だが、日本ではほとんど知られておらず、彼と同じ怪盗紳士としては、ルパンのほうが断然有名である。確かに、ルパンの冒険譚の方が、ラッフルズのものよりもスケールが大きくて、主人公の活躍も派手だし、娯楽的な面では、ルパンものの方が面白いと思う。だが、ラッフルズものにはルパンとはまた違った魅力があり、いつも追われる身にあって、いつ捕まるやも知れぬ緊張した日々を送りながらも、常に前向きに何かに挑戦し、困難に立ち向かうその姿と、悲しい過去の体験を引きずっている哀愁漂う人物像に加え、いつも危険を共にする相棒バニーとの友情も描かれていて、何とも言えない刹那的な雰囲気を醸し出している。

そんな魅力あふれる作品であるだけに、怪盗ものが特に人気があってよく読まれているルパンの母国、フランスにおいても、ラッフルズは温かく迎えられ、何冊もの仏訳書が出版されている。恐らく、英語以外の言語で出版された物としては、一番数が多いであろう。ホーナングのラッフルズものは全部翻訳され何度も出版されているし（内一冊はルパン・シリーズを出版していたピエール・ラフィット社から出ている）、バリー・ペロウンのラッフルズも、三〇年代の作品が幾つも訳されているのだ。おまけに、ラッフルズのみを専門に扱った世界で唯一の研究書『怪盗ラッフルズの生涯とその功績』（フランスの犯罪小説研究誌「レザミ・デュ・クリム」第二号、一九八七年刊）といったものまで出版されている。アルセーヌ・ルパンの母国でもこれだけ出版されて読まれたのだから、フランスの次にルパンものが愛読されている日本でも、この度、翻訳出版されたことで、多くの人に愛読されるようになるのではないだろうか。

ところで、先に述べたバリー・ペロウンのラッフルズものの仏訳書は、原書とは違ったフランス独自の編成で出版されており、またそのタイトルもフランスで勝手に付けられているものがあって（中には原書の中編集のタイトルと同じ意味のものが長編のタイトルとして使われているものもある）、原書が何であるのか判断しにくく、フランスにおける研究書でも〝原書不明〟とされていたり、仏訳書のタイトルをそのまま鵜呑みにして、誤った情報を掲載した物があって、混乱を招いていたが、筆者は、ラッフルズ生誕百周年の年に、ささやかな同人誌を作成した際、これらを全て原物にあたって調査し、原書が何であるのかを全て解明したものだった。ラッフルズものがフランスで初めて出版されたのは一九〇七年であったので、何人かのフランスのルパン研究家は、これを根拠として、ラッフルズはルパンのモデルとはなりえなかったと主張しているが、先述したラッフルズの研究書の著者H・Y・メルメは、有名なジャーナリストでもあった出版社の社主、ピエール・ラフィトが、ラッフルズものを早くから原書で読んでおり、一九〇三年頃、これに似たフランスのヒーローをルブランに創造させようと思いついたのだと記している。

これが事実であるかどうかは不明だが、その頃のルブランは純文学で名を馳せようとしていたので、探偵小説はほとんど読んでおらず、当時フランスでも有名だった、コナン・ドイルの名前すら知らなかったという事だけは、本人の証言によって確認されている。

ラッフルズとルパン

ルパンのモデルがラッフルズであるという事はこれまでもしばしば言及されてきたが、具体的な例をあげたものはほとんど見当たらない。確かに、ルパン・シリーズの第一作は、ラッフルズものの一編「皇帝への贈り物」と似通った所があるが、それ程影響を受けているようには思えない。しかし、戯曲版を見てみると、明らかにまねているシーンがあるだけでなく、ラッフルズを手本に、その上を行こうとする趣向が施されており、その影響は小説のものより顕著である。出来ればここでその詳細を書き記したい所だが、未見の方にはネタばれになるので差し控える。だが、ラッフルズの戯曲は近年になってようやく出版されたし、この脚本をベースとした映画も、メジャーなものだけでも四作あって、そのうちの幾つかはビデオにもなっており、ルパンの戯曲の方もエドガー・ジェプソンによる小説版（ただし、戯曲版からの変更個所が幾つかある）なら今でも容易に手に入るので、興味のある方は、比較してみていただきたい。

また、ルパンの肩書きは「紳士強盗」である訳だが、ここにも、ラッフルズとの共通点があることに気付かれている方は少ないのではないだろうか。

ラッフルズの肩書きは「素人強盗（アマチュア・クラックスマン）」であるが、彼がクリケット選手であることに注目すると、その共通点が見えてくるのである。イギリスの国技ともいうべきクリケット界には、素人（アマチュア）のチームと、プロのチームが存在し、この両チームの対決するマッチは、大変な見物とされており、これらの両チームの呼び名が、アマチュア側がジェントルメン、プロ側がプレイヤーズといい、ラッフルズの肩書きのアマチュアの部分をこれに差し替えると、「紳士強盗」となるのである。ついでに書くと、ラッフルズ・シリーズの第一短編集の第三話のタイトル「ジェントルメン対プレイヤーズ」はこの両チームの試合の様子を描くと同時に、「素人強盗」のラッフルズと前科者のプロの泥棒との対決も描いており、このタイトルに秘められた作者のセンスが粋である。同時に、ラッフルズにしてやられてプロ泥棒が復讐にやってくる、同書の第七話のタイトルも「リターン・マッチ」とつけられていて、この両者の対決を、クリケットの試合に見立てている点が非常に面白い。しかも、この二編をもとにして書かれたのが、先述の戯曲であり、英仏におけるこの戯曲の初演時のラッフルズの役者と英仏におけるルパンの戯曲の初演時の役者が、それぞれ同じであったということも、この両国におけるラッフルズとルパンのイメージが共通していて興味深い。

同様に映画においてラッフルズを演じた役者がルパンを演じているケースもあるが、特筆すべきは、「偉大な横顔」とうたわれた名優ジョン・バリモアが、ラッフルズを演じた後にホームズを演じ、さらにルパンも演じている事だろう。しかも彼のラッフルズ映画はサイレントでありながら最高の出来で、この後に作られたハウス・ピーターズ版、ロナルド・コールマン版、デヴィッド・ニヴン版という豪華な顔触れの映画の中にありながら、最も面白い映画であった。この映画の冒頭部分は戯曲版には含まれていない「皇帝への贈り物」を題材にしたもので、その船上のシーンは、先ごろフランスで放送されたルパンの生涯を映像でたどる番組にも、ルパンものの処女作である「ルパンの逮捕」のエピソードを紹介するのにも使われていて面白い。

このように、ラッフルズ・シリーズは、ルパンとの共通点から見ても興味深い点がある訳だが、ホームズ・シリーズとの共通点、ことにドイルのホームズ譚におけるラッフルズ・シリーズからの模擬と思われる点が多い（その逆のケースもあるが）のには驚かされるほどで、今回翻訳されたのを機会に、ホームズ・ファンにも是非読んで頂き、研究の対象にして頂きたいものである。同時に、未訳のラッフルズ・シリーズ唯一の長編と、二つの戯曲についても、翻訳紹介される日が来る事を願いたい。

参考文献

Raffles and his Creator/by Peter Roland; Nekta Publishing, 1999

A Note on E. W. Hornung and Conan Doyle/by Richard Lancelyn Green; in: theater program of *Partners in Crime*, 1990

Twentieth-Century Crime and Mystery Writers; St Martin's Press, 1980

Encyclopedia Mysteriosa: A Comprehensive Gide to the Art of Dtetection in Print, Film, Radio, and Television/by William L. DeAndrea: Macmillan, 1994

The Marder Book: An illustrated History of the Detective Story; Herder, 1971

Crime Writers/edited by H. R. Keating; BBC, 1978

The BFI Companion to Crime/edited by Phil Hardy; Cassell, 1997

The A. J. Raffles Omnibus（with an Introduction by Kurt Kausler）; The Battered Silcon Dispatch Box, 2000

The Collected Raffles stories（with an introduction by Clive Bloom）; Oxford University Press, 1996

Raffles: The Amateur Cracksman（edited with an Introduction and Notes by Richard Lancelyn Green）; Penguin Crassics, 2003

La Vie et Exploites de Raffles, Gentleman Cambrioleur（Les Amis du Cime; Hors Seris Numero 2）/by

H. Y. Mermet, 1987
Shirlock Holmes and A. J. Raffles/by Philip Atkey（in: Baker Street Miscellanea No. 37）; The Sciolist Press, 1984
Sherlock Holmes and his Creator/by Trevor H. Holl; St. Martin Press, 1977
Encyclopedia Sherlockiana/Matthew F. Bunson; Macmillan, 1994
コナン・ドイル自伝、延原謙訳『わが思い出と冒険』、新潮文庫、一九六五年
Ｊ・Ｄ・カー著、大久保康雄訳『コナン・ドイル』、早川書房、一九六二年
ジュリアン・シモンズ著、深町眞理子訳『コナン・ドイル』、東京創元社、一九八四年

〔訳者〕

藤松忠夫（ふじまつ・ただお）

1935年神奈川県鎌倉市生まれ。東京大学法学部卒。日本航空に入社し、米州地区広報部長、JALインターナショナル・サービス社会長を歴任。現在、TFC（The Fujimatsu Corporation）社長。ニューヨークを拠点に、日米間の各種文化交流事業を手がける。新聞、雑誌などにエッセイ、コラムを多数連載。

URLは http://www.fujimatsu.com

〔解説〕

住田忠久（すみだ・ただひさ）

ルパン同好会、古典冒険小説研究会会員。編著に「義賊ラッフルズ生誕100年」、「Gene Vincent; A Japanese Discography」（いずれも私家版）等がある。テレビで最初にルパンを演じたフランスの俳優、ジョルジュ・デクリエール出演のテレビシリーズのＤＶＤ（ＩＶＣより発売中。ボックスも近日発売）の解説と特典冊子を執筆する。ルパンやラッフルズの初出誌等をはじめとする貴重な資料を多数所蔵。

A Thief in the Night

(1905)

by E. W. Hornung

最後《さいご》に二人《ふたり》で泥棒《どろぼう》を――ラッフルズとバニーIII

――論創海外ミステリ　10

2005年3月10日　初版第1刷印刷
2005年3月20日　初版第1刷発行

著　者　E・W・ホーナング
訳　者　藤松忠夫
装　幀　栗原裕孝
編集人　鈴木武道
発行人　森下紀夫
発行所　論　創　社

〒101-0051 東京都千代田区神田神保町2-23 北井ビル
電話 03-3264-5254　振替口座 00160-1-155266

印刷・製本　中央精版印刷

ISBN4-8460-0526-7